DEEP WEB
FILE #網絡奇談

PRIVILEGED & CONFIDENTIAL
TOP SCARY SECRET
PRIVILEGED & CONFIDENTIAL

點子出版
IDEA PUBLICATION

探進這個未知的網絡領域

會發現世界上邪惡是

深不見底

序：一切由很多很多的問題説起

究竟 Deep Web 的本質是甚麼？究竟都市傳説是甚麼？究竟為甚麼我要把它寫出來？究竟我在都市傳説的角色又是甚麼？這些問題由恐懼鳥創立以來一直在我腦海縈繞不斷。

曾幾何時，在內地有網民撰文批評我，説我在刻意散播恐懼和負能量，又説我是愛慕虛榮的黃毛小子。對於他們那些主張「覺醒」和「正念能量」的人來説，我簡直是那些負能量外星人派來的壞蛋。但由於因為很多原因，我從小已經受過很多白眼，所以對批評有種特殊免疫力，所以沒有感到憤怒或羞辱⋯⋯

而且更加重要，我某程度同意他們的觀點。

有時候，每當我發現自己寫的 Deep Web 文章確切挑起讀者某些變態的慾望，和鼓勵了他們去接觸那些可怕的東西時，我都會思索自己究竟在做甚麼？我所做的事是不是正確？而且我也不得不承認自己有潛在的衝動去散播這些可怕的東西。

Deep Web 無可否認，真的展露了人性醜惡的一面，也揭露了各種驚人的罪惡原來一直活躍在我們看似安穩的生活下。在那裡毒品可以肆無忌憚地交易、婦女兒童可以像貨物般被人販賣和

0   0.5   1   1.5

虐殺、各種最禁忌最變態的慾望也可以得到滿足。而且更加可怕的是，他們的罪行並不是像狐仙傳說般捏造出來，而是真實發生在我們的生活中。

　　縱使我向大家揭露了現實？但這又是不是表示我做對了？我會不會其實是在推高香港的犯罪率？我一直也有點迷茫。

　　但當回想起自己當初成立恐懼鳥的目的時，我的思緒就清楚起來。

「烏鴉和恐懼」

　　雖然有很多人說恐懼鳥的 Logo 是模仿飢餓遊戲的學舌鳥，但我一直也想和大家澄清其實那隻是《權力遊戲 Game of Thrones》的烏鴉來的。

　　從小開始，我就對兩種東西很著迷：烏鴉和恐懼。但我一直都不敢說出來，擔心被人誤會我有中二病或甚麼高中死亡崇拜，所以總是答一些比較「得體」的答案（例如：你喜歡甚麼動物？狗狗，因為牠們忠心。）

```
<!DOCTYPE h
<html>
<body>
<p>
```

大家都知道烏鴉在各地民間一直象徵死亡或不幸，牠們在遊戲中一定是邪惡勢力爪牙，在電視中一定是表示悲傷的情節。但事實上，烏鴉在日本和西藏象徵先知和引路者。烏鴉在北歐神話中也象徵「記憶」和「智慧」，甚至是主神奧丁的神獸。

　　即使在生物學來説，烏鴉也是極為重情義的動物。除了牠們擁有最高的智商外，烏鴉是少數一夫一妻的鳥類，更加驚訝的是，牠們也是少數會反哺，即是會長大後照顧父母的生物。但奇怪的是，那些真正忘情和濫交的燕子，卻憑住討好的外表一直拿著正面的象徵。

　　所以對於我來説，烏鴉不是象徵「死亡和不幸」，而是「被誤解的智慧和情義」。

　　至於恐懼呢？這就要用我在五、六年前和朋友一次對話和大家解釋。

　　我的朋友都清楚知道我很喜歡看恐怖片和恐怖小説。最主要原因是，每當他們上我家玩耍時，我都會強迫他們看恐怖片和玩恐怖遊戲，所以後來他們也習慣了。

0   0.5   1   1.5

　　有一次，有兩個女孩問我為甚麼那麼喜歡看恐怖片，她連珠炮發地說：「你喜歡看恐怖片是不是因為你愛血腥的東西？看著他人的不幸？人們的尖叫聲？還是因為想看人性的醜陋？」

　　「不是，」我還記得當時我很肯定地答：「是因為它們夠真實。」

　　不要說笑吧，恐怖片哪會真實呢？

　　我指的真實不是「現實上的真實」，而是「情感上的真實」。曾經有恐怖小說作家說過恐懼是人類最強烈的情感。在這一種如此強烈的情感下，幾乎沒有任何事物可以偽裝，強逼我們正視自己的弱點或傷痕。縱使很老套，但大家不妨回想起那些經典恐怖片，在被怪物、鬼魂、變態殺人狂追殺下，有多少人會拋下自己的同伴，展露人性的醜惡，但同時又有多少人為親人愛人展露最大的勇氣，勇敢反抗？又有多少人在苦難中成長？

　　其實恐懼既是最佳的成長機會，又是最好的情感試金石。

　　所以我成立「恐懼鳥」的目的不只是想嚇你們一跳，而是想你們在感受恐懼之下，去了解世界的真相、去除惱人的誤解和反

<!DOCTYPE
<html>
<body>

<p>

思固有的價值觀。

「在殘酷的真相之後⋯」

曾經有個讀者問我：「你為甚麼要執著在 Deep Web 的恐懼，難道我們的現實生活（雖然 Deep Web 都是現實，但對於他來說日常生活才是現實）還不夠殘酷和可怕嗎？」

沒錯，其實我們「表世界」已經有很多很可怕的事。雖然歷史作家一直保持單調的語調，但其實第二次世界大戰的納粹毒氣室不可怕嗎？有多少猶太人在那裡被活生生毒死，死時還要被毒氣折磨得臉容扭曲？難道 ISIS 的殺人影片不可怕嗎？一個無辜的人被灌下大量鎮定劑，再被熊熊大火燒成灰燼。

其實我們的表世界已經有很多很可怕的事？但為甚麼我們需要 Deep Web 和都市傳說？又或者問為甚麼自古開始人類便創作出各種恐怖的故事和傳說？

因為恐怖故事的感染力往往比現實大，一個好的恐怖故事比現實更能烙印在人們腦海，讓人們反思故事背後的真義。就好比

0   0.5   1   1.5

如中國怪談經典「聊齋誌異」，作者蒲松齡先生在每個怪談故事後會留下短評，在驚嚇的故事後帶出人性的意義。

這也是我們這些以寫恐怖小說和都市傳說為職業的人的責任。

Deep Web 是一樣奇特的東西，它既是真實存在，又蒙上一片傳說的迷霧。它揭示在我們看似和諧的生活下，隱藏了多少不可告人的罪惡，又有多少人被變態狂魔所殺害，而更加恐怖的是，他們可能潛伏在你我左右之間。

當初我想寫 Deep Web 出來，就是想大家反思一樣事情：「當世界黑暗的勢力如此龐大和無孔不入，我們那些由這個虛假和平社會建構出來的價值觀還可不可靠？究竟平安的生活是不是必然？」

我希望，大家如果在看過這本書後感到恐懼，請好好捏著這股恐懼，再慢慢思考以上的問題⋯⋯這也是本書存在的目的。

Scary Bird

恐懼鳥

```
<!DOCTYPE
<html>
<body>
<p>
```

CONTENTS

FILE:	**DOCUMENT B**	DATA: URBAN LEGEND

都市傳説 —— Deep Web 外的恐懼

電腦除了

上網打機工作外，

還可以帶領

你到另一個世界

The OWNeRS
Are Paul + John

READ

ALL About

The BLOOD

OuTSiDe The
Red Rascal Pub
April 21st + approx.
20pm
ey were in violation
minent Public Safty
CT 160 Laws

DOCUMENT

A

Deep Web
Lolita Slave Toy

Daisy Destruction

Shadow Web,
the Baby Burger

Dafu Love

the Cannibal Cafe Forum

Vega Ring

the Baby Burger

Happy Bird

Green Ball
Holy 3

表網路的故事

在二十一世紀，互聯網已經成為我們生活不可缺少的一部分。我們幾乎無時無刻用智能手機或電腦來上網，用 Facebook 看朋友最新動態、用 instagram 拍照分享、上高登巴哈吹水、上淘寶購物⋯但即使互聯網和我們生活如此緊密，你有沒有問過自己是否真的熟悉互聯網世界？對整個網絡世界瞭如指掌？以下就有一個故事，可能會令你懷疑自己根本從來不曾了解互聯網最赤裸裸的一面。

Alexander 今年 24 歲，獨居在芝加哥一棟小公寓內。幾年前，Alexander 在一間遊戲軟體公司找到一份電腦程式員的職務，勉強糊口。除了正職外，Alexander 也是一名業餘駭客，有時會為了找樂子，駭進一些朋友的電腦或網頁，散播一些電腦病毒，作弄他們一下。

就在 2011 年，一次如常的「惡作劇」下，Alexander 發現自己無意中闖進了網絡世界裡最黑暗和最可怕的地方⋯

還記得當時正值炎熱盛夏，Alexander 趁放假去到朋友的汽車保險公司辦公室消磨時間。朋友的老闆 Thomos 知道 Alexander 是一名電腦人員後，希望他能幫忙修理一下自己的手提電腦，他的電腦突然不能連上公司的打印機，很麻煩。

Alexander 看見其實都是小問題，十多分鐘就可解決，便很快

一口答應了朋友的老闆。但其實除了出於善意外，Alexander 幫助他是別有用心的。他故意趁維修時在老闆的私人電腦留下「後門」及一些自製的「蠕蟲程式」，那麼日後 Alexander 便可以自出自入老闆的電腦。

回到家後，Alexander 立即開啟自己的電腦，用剛剛在老闆電腦裡增設的「後門」，駭進他的電腦。不一會兒，Thomos 的電腦已經成為 Alcxander 的電腦，他可以無時無刻監視 Thomos 電腦的一舉一動。他在裡頭找到一些私人照片、稅款、Facebook 密碼等等。但其實 Alexander 駭進別人的電腦純粹為了好玩，不會用那些駭來的資料犯罪，所以不一會兒便生悶把電腦關掉。

幾天後，Alexander 發現電腦顯示多了數個載點。

Alexander 發現自己在老闆放的「蠕蟲程式」，成功感染了他另外幾台電腦。應該是因為 Thomos 把感染了「蠕蟲程式」的檔案，放到他另外三台電腦。

奇怪的事情開始接二連三地發生，Alexander 慢慢發現 Thomos 的電腦愈來愈多不尋常的地方。首先，那幾台剛受感染的電腦並沒有連上過互聯網，純粹是三台內聯網的電腦。其次，那三台電腦分別有 3TB 的儲存容量。你要知道在 2011 年，3TB 是一個非

常大的儲存容量。為甚麼老闆會要三台如此大容量的內聯網的電腦呢？Alexander 狐疑地想。

他查看那三台電腦內的神秘數據，發現是數以萬計的個人資料檔案，包括名字、身高、體重、地址、家人和朋友資料、汽車資料等等，要多詳細有多詳細。究竟朋友的老闆怎樣拿到那麼多個人資料？他明明（至少看似）是一個普通的商人！

就在此時，Alexander 的電腦顯示老闆其中一台電腦正在下載一個神秘的檔案。

Alexander 立即查看那台運行中的電腦，是那三台沒有連上互聯網的其中一台。Alexander 馬上再查看它的硬件狀態，發現根本沒有任何外置硬體插入，那麼何來的檔案下載呢？

Alexander 的腦袋轉得很快，他很快想到那台電腦連上了一個隱藏的網絡世界。

當時，Alexander 還未意識到自己誤闖入了一個多麼可怕的地方。他等待那個由未知的網絡世界下載過來的檔案。那個檔案大約在一個小時後下載完成，78MB 大，Mpeg 檔。換句話說，就是一段影片來的。

　　Alexander 沒有考慮太多，想也不想便把剛下載過來的影片打開來看。影片的開頭是一堆無意義的雪花和亂碼。待鏡頭穩定後，可以見到影片的拍攝地點是在一間普通的平房。畫面裡有三個中年男人，他們坐在飯桌前，兩個背對住鏡頭，剩下一個側面向鏡頭，眼泛淚光。畫面的左下方顯示了影片的拍攝日期和時間，原來影片只不過在一個小時前拍下。

　　面向鏡頭那個頭頂微禿的中年男人開始抽噎嗚咽，一副悲痛欲絕的樣子。接下來的十多分鐘，他不斷嗚咽地說著一些外文或是密碼的東西，例如「爛蕉刺穿了紅鞋」，這些既荒謬又難以理解的句子。但背向鏡頭那兩個男人卻好像無動於衷，悠閒地喝咖啡，好像在看馬戲團的侏儒表演般。

　　最後，那個中年男子終於用正常英語問那兩個人：「那麼你們可以放過我的女兒嗎？」對於那名中年男子的苦苦哀求，其餘那兩個男人不以為然地搖頭拒絕。那個中年男人聽到他們無情的拒絕後，發出撕肝破肺的慘叫。他朝那兩個男人大叫一句那些外文的句子，之後嚎啕大哭。

　　接下來的五分鐘，沒有聲音、沒有畫面，只有漆黑一片的黑幕。當鏡頭回到那間平房時，只見一個十多歲女孩的屍體被丟在飯桌上，頸子被人用利刀割開，裂開了一個像嘴巴那麼大的傷口，血流如注，

慘白色的喉骨，仿佛在飯桌放了張血紅色的餐布。剛剛那個面向鏡頭的中年男人抱著那個女孩的屍體，歇斯底里地大哭。而另外那個兩個男人仍然背向鏡頭，抽著雪茄。

Alexander 不忍再看下去，亦都沒有意圖探究影片真偽，只感到一陣莫名其妙的噁心、只想立即離開這裡。

Alexander 馬上關掉程式並清除所有駭人痕跡，再也沒有進入過那台電腦。

最後，Alexander 的蠕蟲病毒再由老闆的電腦感染了數台類似的神秘電腦，一台在加州、一台在巴黎、一台在上海，而且數目還日漸增加。數星期過後，Alexander 終於知道在 Thomos 電腦那個隱藏的網絡世界的名字…「Deep Web」。

究竟那兩個殺掉女孩的男人是誰？他們又是來自哪裡？
究竟那個隱藏的網絡世界「Deep Web」是怎樣一點事？
究竟在「Deep Web」裡又隱藏了多少黑暗和恐怖的事情呢？

我們現在一起探進這個未知的網絡領域。

（以上是改編自真人真事，但名字和部分人物職業為改寫。）

Google、YouTube、Yahoo 等等等等 …

只是世上 10%
冰山一角的網站

What is Deep Web?

甚麼是 Deep Web？

究竟前文故事中提到這個如此可怕和神秘的網絡世界「Deep Web」是甚麼？

Deep Web，中文又叫「暗黑網絡（簡稱：暗網）」或「深層網絡」，指一些無法從正統網絡搜尋器，如 Google、Yahoo……找到的網頁。其實 Deep Web 的技術早在 1995 年，已經被美國海軍發明。當時美國軍方為了確保船隻和戰機之間的網絡通訊不會被敵人追蹤，而開發了一種名叫「Onion Routing（洋蔥路由）」，又簡稱「Tor」的技術。Tor 技術把所有戰艦通訊網站隔絕在正常網絡世界外，形成一個新的網絡，這就是 Deep Web 的初版。

到了後來 2004 年，由於美國政府陷入經濟拮据，決定停止研發 Tor 技術，並把它公開化。當 Tor 落入民間手中時，不少網路自由主義組織，如電子前哨基金會（EFF），立即看上 Tor 的高度匿名性，認為它可以反過來幫助網民打擊政府的網絡監管，於是主力研究並把 Tor 技術改良，最後更把成果免費公開，於是 Deep Web 便開始在民間流傳和成長……

曾經有電腦學家把整個網絡比喻成浮在海面的冰山，我們經常瀏覽的網站（又稱「表網絡」），例如高登和 Facebook，其實

只不過浮在海面的一小片浮冰，佔整個網絡世界不到 1%。

　　實際上，還有超過 90% 的海量網站隱藏在深海（Deep Web）之中，躲藏在永遠不讓正常人看到的冰山底部。根據 CompletePlanet（一個專門為 Deep Web 做資料庫的網站）的數據：

· Deep Web 網站的總數量為 20 萬，為表網絡的 40 倍有多。

· 所有 Deep Web 網站的資訊量加起來的總大小為 7500TB，而表網絡只有 19TB。

· 現時 Deep Web 藏有五億份私密檔案，而表網絡只有一百萬份。

　　以上只不過是 2011 年的年度統計，根據 CompletePlanet 的估計，Deep Web 和表網絡的差距以指數式的速度增加，所以天知道到了現在，究竟有多少個 Deep Web 網站呢？

　　從技術層面來說，Deep Web 的網站是用一種特別的隱私庇護技術加密和改寫，只可以透過特定改裝的瀏覽器或網站主人的

動態邀請才可以進入，正常人絕對不能偶然闖入。在正常的網絡世界，任何網站都可以透過流量監視程式，找到所有上過該網站的網民 IP 位址，進而找到他的真實身分。即使有插入代理伺服器，要找到也只是時間問題。

但由於 Tor 是採用 P2P 分散式機制（一種類似 BT 的技術），將每一個 Tor 使用者的電腦加密。當你用 Tor 上 Deep Web 時，每一次都是採取隨機的路徑走過 N 個中轉點，所以要找到用戶的真身是極為困難。

縱使在 Deep Web 上也有不少正常的網站，也有部分學校或公司的內聯網都有採取少許 Deep Web 的技術。但狹義上，**人們說的 Deep Web 是指一些更加黑暗和可怕的網站**。因為有不少不法之徒和心懷不軌的人士正正看上了 Deep Web 的高度隱密性，所以在那裡設置了不少非法和變態的網站，當中涉及販毒、偽造文件、槍械賣買、殺人、反政府、甚至是兒童色情、人口販賣、神秘宗教、強姦殺人、生食人肉和政府機密文件…

而現在，筆者會在本書帶你們一一走過這些如此黑暗和滅絕人性的 Deep Web 網站……

Deep Web 的地圖　　　　0 / 1 # 1

```
<!DOCTYPE html>
<html>
<body>
```

<p>　　究竟這個像大海般神秘的 Deep Web 有多大？有多深？它的結構又是如何？在本章我們會先約略介紹一下 Deep Web 的地圖。

　　在上一章也和大家説過 Deep Web 的定義有狹義和廣義之分。從廣義上，Deep Web 泛指所有用保密技術加密過的網站，適用於公司、學校等個人網絡上。狹義就是指那些透過這些加密技術進行販毒、殺人、走私等網站。

　　在這兩個簡單的定義後，人們以狹義作為基礎，再根據網站的保密程度、涉及內容的敏感度和網站的知名度製作了一張「Deep Web 地圖」。地圖以上一章的冰山作為背景，浮在水面和較淺水域的部分是表網絡，而水底深處的則是「Deep Web / 暗網」。Deep Web 之後又劃分不同層次，當中愈底層的網站，愈神秘也愈危險。以下就是「Deep Web 地圖」的簡介。

Level 1：

　　這些網站可以用 IE 或者 Chrome 找到，但題材通常是一些較少人知道或不太見得光的，例如色情網站（Pornhub、Redtubr、141）、少數社群網站（同性戀社群、撒旦教網站）、輕度血腥變態的網站（某些 Blogspot）。雖然這層某些網站的知名度一點也不弱，但因為某些原因總會令你不方便在公開場合討論它們。

Level 2：

　　這層開始踏入 Deep Web 的範圍，需要用一些特定瀏覽器（例如：Tor）才可進入。在這層網絡你可以找到數之不盡網站，進行各種驚人的非法買賣、教授各種禁忌知識的論壇和分享各種血腥影片的網站。當中有毒品、槍械、兒童色情、殺手、駭客程式、人口販賣、名人醜聞、恐怖分子、自殺、虐畜、姦屍…

　　以上的網站都可以由 Deep Web 裡一些大型搜尋器，如 Torsech、HiddenWiki 找到。

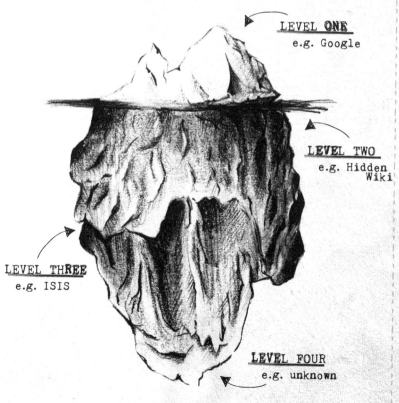

LEVEL **ONE**
e.g. Google

LEVEL TWO
e.g. Hidden
Wiki

LEVEL THREE
e.g. ISIS

LEVEL FOUR
e.g. unknown

Level 3：

這層 Deep Web 網站的內容比上一層更激進和血腥，可能是用人命作玩具的殺人網站、販賣各種虐殺小孩婦女影片的網站、恐怖組織和邪教的網站，現時中東最激進的恐怖分子 ISIS 在這裡也有官網。

這層的網站用的瀏覽器雖然和 Level2 的沒有太大分別，但卻不能在 Deep Web 的搜尋器找到，只可以由特定的方法或受到別人的邀請而進入。

Level 4：

在這一層所有東西都是未知，只有技術高超的駭客和掌握最大勢力的人方能進入。因為那裡的網站一是佈滿可怕的病毒程式，或是由深奧的網絡技術構成，例如 SIPRNet、JWICS、NSANet。據悉，那裡除了最高的政府機密和軍事系統外，還可能存在一些人類未知的技術和文件…

但大家要留意，以上的地圖純粹是簡略的網站劃分，並不是甚麼精密的分類，也沒有統一的標準，更加不要誤會 Deep Web 是甚麼但丁的地獄、魔界塔，要一層一層打下去，每層也有很多魔物那些遊戲。

除了上述的地圖外，還有一張世界地圖想介紹給大家。以下的世界地圖展示了全球地區使用 Deep Web 的情況，當中圓圈代表那區用戶的流量和數目。

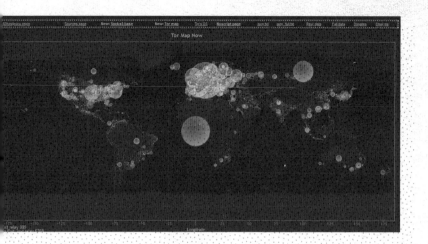

大家可以由這張地圖得出幾點：

1）美國的 Deep Web 用戶很多但使用量不太大，應該是小型組織或個人使用

2）歐洲是 Deep Web 的重災區，那裡的顏色圈又密又多又大，即是那裡有很多人或恐怖組織都使用 Deep Web

3）亞洲地區的 Deep Web 用戶主要集中在日本，中國內地的用戶還少得有點可憐，較密集的地點集中在香港和廣東地區

　　筆者看到這張地圖時，有一點很擔心。俄羅斯西伯利亞和非州的尼日尼亞，這兩個最偏遠和落後的地區，分別霸佔了地圖兩個最大的圓圈。為甚麼這些地區的 Deep Web 流量那麼大？在那裡的人們為甚麼如此需要 Deep Web ？在那裡究竟又隱藏了甚麼？

`</p>`　　這些問題你們在看完整本書後便會知曉了。

`</body>`
`</html>`

如何上 Deep Web ？

```
<!DOCTYPE html>
<html>
<body>
```

`<p>` 　　本節將會介紹上 Deep Web 的方法。你們可能會驚訝既然筆者說得 Deep Web 如此危險和佈滿犯法的網站，為甚麼還要教導上 Deep Web 的方法。

　　筆者在這裡首先要澄清一點：Tor 技術本身沒有違法，上 Deep Web 也不是違法的，違法的是利用 Deep Web 上一些非法網站或進行非法行為（例如下載兒童色情影片或網購毒品）。Deep Web 就好像大海般，有好，也有壞的網站。而筆者在這裡只會和你們介紹使用 Tor 的步驟，不會教導你們用如何用 Tor 販毒洗黑錢！

第一步：下載 Tor Browser（洋蔥瀏覽器）

　　首先，你要在 Tor Project （https://www.torproject.org/）下載一個叫 Tor Browser（洋蔥瀏覽器）的程式。

第二步：安裝 Tor Browser

沒有甚麼特別，和一般軟件安裝步驟一樣，不斷按「Next」，直到「End」就好了。

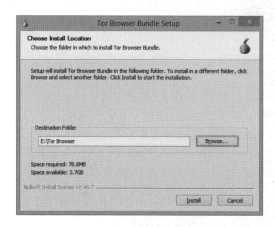

第三步：網絡設定

這個步驟非常重要，因為和你的電腦安全有密切的關係，所以務必留意！首先，打開你剛成功安裝的檔案，再按「Start Tor Browser」的應用程式。

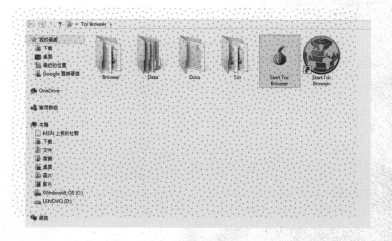

之後，會彈出一個「Network Setting」視窗。其實可以直接選擇「Connect」來連上 Deep Web，但為了保障大家的安全，筆者還是講解一下「Configure」的部分。

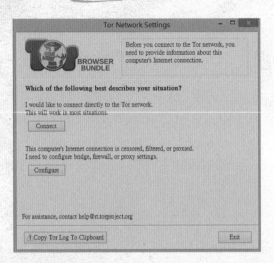

接著，「Network Setting」問你要不要使用 Proxy。Proxy 中文名叫代理伺服器，根據 Wiki 的記載，Proxy 是一種「允許客戶端透過它與另一個網路服務進行非直接的連線網絡服務」。換句話說，就是假 IP Address 和用來翻牆的工具。

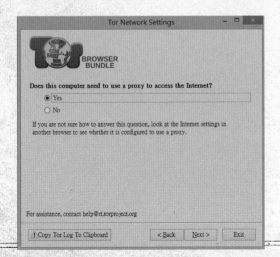

在網上有不少免費的 Proxy 提供，筆者在這裡建議大家使用 Proxy 來上 Deep Web，因為可以提供額外的匿名性。曾經有一位讀者在上 Deep Web 時，因為電腦防禦設施不足而被人駭掉，電腦的 Web cam 和喇叭也被人控制，不受控地播放奇怪的音樂和被人偷拍日常生活，所以大家千萬要小心！

如果選擇使用，便按「Yes」，並輸入 Proxy 的資料。

然後，「Network Setting」問你有沒有防火牆限制，只能連接特定 Port。這需要因應你本身的防火牆設定來選擇，但大多數情況下都是答「No」。

最後，「Network Setting」問你的 ISP（互聯網服務供應商）有沒有受到封鎖或受到監控，在香港和台灣地區的朋友答「No」就好了。

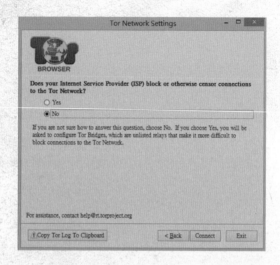

完成所有設定後，耐心等待電腦連上 Tor 就好了。

第四步：Hidden Wiki（黑暗版維基）

成功連上 Tor 後，理應會出現以下的畫面。

　　初次進入 Deep Web，大部分人第一步要去的網站是「Hidden Wiki（黑暗版維基）」。你們只要在首頁輸入 Hidden Wiki 就可以找到的了。

　　Hidden Wiki 其實是一個類似 Deep Web 的「大門」或者「目錄頁面」的網站，裡頭主要是一些 Deep Web 比較大型和知名度高的網站，例如 Tor 版 Facebook、Torchan 等等。當然也包括一些非法網站，如毒品、槍械交易、假美國護照等等。

其實最初版本的 Hidden Wiki 已經被關掉了，但之後出現
了不少 Hidden Wiki 的仿照網站，而且也是叫 Hidden Wiki，
裡頭的網頁也是大同小異，所以影響不大。但值得注意，由於裡
頭網頁的曝光度實在太高，所以不少網站都被 FBI 關掉。如果你
們想找更多的 Deep Web 的網站，可以使用 Deep Web 的搜尋器，
如 Torsech 或者 DuckDuckGo，又或者在 Deep Web 的論壇四
處打聽一下。

</p>
</body>
</html>

在 Deep Web 需要注意的事項　⬛/1#3

```
<!DOCTYPE html>
<html>
<body>
```

<p>　關於 Tor Browser

　　不要使用 Tor Browser 來上 Google 等網站。因為 Tor Browser 的匿名性太高，會被 Google 懷疑是駭客入侵，因而封鎖你的帳戶。另外，請定期留意 Tor Browser 的更新通知。因為 Tor Browser 會經常更新來修補一些保安漏洞，所以必須保持 Tor Browser 在最新版本。

關於金錢交易

　　在 Deep Web，絕大部分的交易都是用「Bitcoin（比特幣）」來進行。Bitcoin 是一種比較新穎和知名度高的網絡貨幣。你可能經常在一些財經新聞聽說過 Bitcoin 炒買或價值崩塌，但其實無論 Bitcoin 在外界價值如何，也很難損及它在 Deep Web 的地位。主要原因是 Bitcoin 有非常非常強（如果可以的話，自行再腦補多十幾個非常）的匿名性和不可追蹤性，所以很適宜用來進行各種非法賣買或洗黑錢，這也很符合 Deep Web 世界的需要。

　　所以你們想在 Deep Web 進行買賣，就必需要有 Bitcoin。你們可以在 Bitcoin 的官網（https://bitcoin.org/en/）開立一個 Bitcoin 戶口。之後再在 Bitcoin 線上找換店用現實世界的貨幣來購買 Bitcoin，例如 Bitshamp 等網站。

Bitcoin is an innovative payment network and a new kind of money.

 Instant peer-to-peer　 Worldwide　　　Zero or low

筆者曾經在旺角的總統商業大廈見過一間 Bitcoin 的 ATM 和自動兌換機,有興趣在 Deep Web 買賣的朋友也可以去那裡試一試。

關於安全和道德

俗語說:「禮多人不怪」。在 Deep Web 世界,禮貌和道德離奇地變得重要。但需要禮貌的原因不是因為那裡的人很乖巧很友善,而是你不知道自己可以得罪多麼可怕的人!

無數的駭客高手、心狠手辣的黑社會、變態殺手、邪教組織都經常在 Deep Web 流連和交流,但他們基本上都是抱住一種「人不犯我,我不犯人」的心態,只要你不故意冒犯他們,他們雖然有點冷漠但還算是友善的。但如果你得罪了他們,後果可以非常嚴重!

以下是兩個關於人們在 Deep Web 惹事下場的真實故事,希望大家引以為鑑!

禍從口出

　　這是筆者偶爾在一個「人物檔案數據庫（網站又名 Doxbin）」閒逛時看到。「人物檔案數據庫」是一個網站，讓駭客分享自己駭入別人電腦和手機拿到的成果，並看看有沒有其他不法之徒想利用那些無辜人士的身分來犯案。

　　那個數據庫非常龐大，有數以千計的個人私隱檔案，而且每個檔案的內容非常齊備，姓名、身分證號碼、住址、電話、電郵、Facebook、工作經驗、銀行戶口、信用卡號碼、個人相片、裸照統統都有。

　　某一天，筆者看見一個 18 歲男孩的私隱檔案。而這個男孩檔案特別的地方是，它的內容非常齊備⋯⋯連男孩媽媽的偷情相片也有。

　　那個檔案除了男孩的個人資料外，還包括他全家人和女友所有的資料，如工作位置和信用卡號碼，甚至 Web cam 相片。其實一個檔案愈完善，愈有機會被人用來犯案，好像事主這種連家人的資料也有時，他一定會惹上大麻煩。筆者好奇那個駭客和一個小男孩會有甚麼血海深仇？

　　那個駭客在檔案最尾也有補充，原因非常簡單：純粹因為那個男孩在一個 Deep Web 論壇，因為就某一議題意見不合，而發起罵戰，那個男孩類似留言罵他蠢蛋、白痴等⋯⋯

　　所以那個男孩的人生也毀了。

違約者的下場

　　另一個故事是來自一個美國網友的親身經歷。

　　有一次他在 Deep Web 委託別人辦事後（雖然他沒有說委託甚麼事，但通常不是駭客就是職業殺手），一時貪念萌起，再加上他認為自己電腦保安技術了得，心想反正對方都找不到自己，便想走數不給錢。

　　第二朝早上，那個網民發現自己原本收藏在睡房的出生紙、兒時相片、身分證被人整齊地放在自家大門口，並補上一張寫住金額的便條。

　　那個網民嚇得立即衝回房間，轉帳給那名受託人。

　　以上的故事都是真人真事，所以筆者在這裡提醒你們在 Deep Web 時要遵守基本的禮貌和道德，而且小心言行，因為這裡的人和表網絡不一樣，Deep Web 的人可不好惹呢！

　　既然我們已經了解 Deep Web 的運作和注意事項，那麼我們

`</p>`

事不宜遲，開始我們旅程的第一站…性變態。

`</body>`
`</html>`

Sexual Deviation

Deep Web 的性變態

「獵奇」原本在中文的意思是「為了滿足自我慾望,刻意去搜尋奇異特殊的事物」。後來,此詞語被日本動漫界取用,改指為「極為血腥、殘酷、令人不舒服」的動漫作品或念頭。被喻為「獵奇」的作品通常含有大量過度血腥作嘔的劇情,如肢解身體、虐待姦殺、生吃內臟、性變態等,當中近年比較出名的《火星異種》和《殺戮都市》。但即是它們再「獵奇」也好,也只是局限在幻想的世界,對現實無害。但 Deep Web 卻把所有在腦海「獵奇」的念頭一一活生生呈現出來。

性變態(Sexual Deviation),心理學正名又叫性慾倒錯(Paraphilia),指人們對多數人不會產生性慾的事情或情況,產生性渴望,而這種渴望又會妨害本人和其他個體進行正常的感情互動。根據《美國精神疾病診斷與統計手冊》,現在被定義為性變態的小數性偏好有數十多種,當中包括露陰癖、戀物癖、戀屍癖、受虐癖、施虐癖、戀童癖、人獸癖、閹割癖和吃人癖⋯⋯幾乎都可以在 Deep Web 找到它們的專屬網站。

我們之前的篇章都提及過,由於 Deep Web 有很高的隱匿性,所以很多性變態的人都躲藏在那裡,找尋自己的同好並分享自己的經驗,當中特別是戀童癖的網站,數目有數以百計的多,連 Hidden Wiki 也有一項專屬於它們的目錄,叫「Hard

Candy」(Deep Web 術語，指兒童色情)！下面就有兩個 Deep Web 以性變態為主題的網站介紹，大家可以約略知道 Deep Web 的情況。

「Scream Bitch 尖叫婊子」

Deep Web 有兩個出名最變態的論壇，其中一個就是 Scream Bitch。Scream Bitch 是個綜合型性變態論壇，裡頭甚麼性變態也有自己的天地，但當中數量最多的是 Hard Candy！網站內影片和經驗分享甚麼都齊全。筆者曾經在那裡看過有帖子是一個獸父自述在老婆旅遊時，淫辱自己患有輕度弱智女兒的經歷。

「Penis Panic 陰莖痛死了」

　　一個專門給受虐癖和施虐癖瀏覽的論壇。裡頭除了數以百計的 SM 影片外，最特別是大家很喜歡虐待自己或他人的陰莖，例子有把陰莖浸落熱油、用大頭針刺穿、被狼狗撕咬、用鐵鎚砸下去等恐怖影片。

　　縱使以上的論壇可能吸引了某些人，但筆者要在這裡提醒大家，觀看或發佈兒童色情的物品是違法的行為，大家千萬不要以身試法！除此之外，未滿 18 歲的讀者也不應該看色情網站！

　　以下就有兩個由 Deep Web 挖出來，非常恐怖和血腥的性變態真人真事。

Lolita Slave Toy
蘿莉塔性奴

```
<!DOCTYPE html>
<html>
<body>
```

`<p>`　　筆者在這裡和大家事先聲明，以下的內容是非常變態，而且裡頭的網站筆者證實過是真的存在。如果你想對人性抱著一絲樂觀的態度，建議你們最好不要看了（其實整本書也是）。

　　「Violent Desire 暴力的慾望」是 Deep Web 裡一個頗有名氣的論壇。大家看到它的名字後，應該可以猜想到裡面的內容。「Violent Desire」是一個眾集了 Deep Web 內所有強姦犯、殺人犯、戀童癖、虐殺狂的網站。在這裡，那些心理變態的人會互相交換情報和分享自己的「戰利品」，例如處理小孩的屍體、強姦女人的經歷、禁錮青少年的影片等等，有時候甚至會舉辦一些「集體活動」。如果這個世界真的有「純粹的邪惡」存在，那麼一定就藏在「Violent Desire」這個論壇裡。

以下要介紹的故事「Lolita Slave Toy（蘿莉塔性奴）」是「Violent Desire」其中一則帖子。大約在三、四年前，由一名網民截圖出來。因為帖子的內容實在太變態和嘔心，一浮上「表網絡」後便被數以千計的人瘋狂轉載，所以原文來自哪裡已經找不到了，後來這個帖子也成為 Deep Web 和 Violent Desire 的代表作。

以下是「Lolita Slave Toy」帖子的內容（重申一次，內容真的很變態）。

我的職業是負責製造「Lolita 性奴」。為免大家不明白我的意思，讓我先解釋一下：我能把一個年輕女孩變成一個絕對服從的性玩具。她們不能走動、不能說話、不能反抗，她們的存在純粹為了無限滿足你虐待狂的慾望，是不是聽得有點心動呢？

容許我先自我介紹一下，我是一個住在東歐小國的外科醫生。這裡的社會狀況仍然是一團混亂，貧富懸殊問題嚴重。除非你有充足錢財或是人脈，否則你注定一輩子窮困潦倒。無庸置疑地，我是兩者皆有的幸運兒。

就像所有東歐國家一樣，我們這裡也盛產美女。更加值得開心的是，很多女孩要麼離家出走、要麼被家人遺棄，最後淪落到孤兒院。而這裡的「孤兒院」，其實只不過是「人口販賣市場」的別名罷了。大多數女孩在 8、9 歲時就會被人「領養」，當中大部分都是被賣去妓院，淪為童妓。我會說她們其實比較幸運，至

少不用慢慢死在貧困和污垢裡。

　　而我也會定期在孤兒院裡，揀選一些樣子甜美的女孩來買。通常都是 8、9 歲，初潮將近的年齡。孤兒院從來沒有問我為甚麼買那麼多女孩，既然他們少一個人要餵，又多了一筆錢，又何樂而不為？他們知道我是一名外科醫生，背後猜想我把那些女孩做人體實驗或器官販賣罷了。

　　事實上，我經營的是一門更賺錢的生意，我把那些女童全都變成完美的性玩具。 其實你們也可以 PM 我，買一個回家試試，驗證我的說話。但事先聲明，她們全都價錢不菲，一個大約要 $30000 至 $40000，不包運輸費。但你會有一個可以之後好幾年，無限地滿足你各種慾望的娃娃，一個活生生的洋娃娃。

　　我先和大家說一下我是如何把那些女童「改造」成一個性玩具。當我在孤兒院找到一個合適的女孩後，會隨便找一個借口幫她進行「身體檢查」。確定身體無礙後，便會叫孤兒院的人把她送到我在鄉間的一棟別墅，還特別要求是綑綁著、矇住著眼、赤裸裸地送來。來到我家後，她們的身體通常都是污穢不堪，所以我會幫她們狠狠地清潔一次，之後再為她們注射安眠藥，讓她們昏迷一整天。

　　我會給那些女孩們新的身分和名字，而她們在政府和孤兒院的資料則會被徹底燒毀。我自己本身也有三個「Lolita 性奴」，一個叫 Dasha，11 歲，還差最後一個步驟才完成「改造」。另一個叫 Tanya，12 歲，兩年前完成「改造」。還有一個叫

Luda，14歲，已經有了四個月身孕。

　　她們來到後第二天，便是「手術日」。我會趁那些女孩還在安眠藥作用下昏迷不醒時，把她們搬去位於地牢的手術室，再幫她們注射適量的麻醉劑。你們先前問我怎樣確保女孩不會逃走？答案很簡單！就是把她們的手腳全都鋸掉了！我會鋸去她們所有的腿和胳膊，只留下手肘和膝蓋以上的位置，是不是很簡單呢？之後她們永遠都只能留在你身邊了。

　　以上的截肢手術需要非常謹慎，因為很多女孩都撐不過手術，便要被「處理」掉了。順帶一提，我不只是單純地為她們截去四肢，還會在未癒合的傷口和骨骼上，安裝一塊T形金屬板，金屬板上有個O形鐵環。這樣當它們癒合後，你便可以用繩子或鐵鏈把那些女孩排在任何你喜歡的地方了！例如我的Luda和Tanya，我通常會用鐵鏈把他們所有的O形鐵環串起來，這讓他們便不能胡亂扭動了。

　　開始時，你必需時時為她們清洗傷口，以免傷口發炎。當傷口完全癒合後，你便可以為她們穿上Lolita裝（隨運送附上）。你相信我，縱使那些鐵環有點礙眼，但一個沒手沒腳的女孩子穿上白色的天鵝絨衣服後，仍然很甜美，很迷人。大約在半年後，手腳內的肌肉完全康復，可以承受壓力時，你更可以用繩子把她們吊起來。大約由一年前開始，Tanya和Luda便一直倒吊在我的睡房內，兩個穿Lolita的女孩倒吊在房間內都算一種頗有趣和時髦的擺設呢！而且你還可以隨時隨地，性慾一起時，便把自己的陽具塞進她們濕潤的小口裡，這真是他媽的爽呢！

但去到這種天堂般的享受之前，其實還有漫漫長路要走，截斷手腳只是手術的第一步。第二步，我會切割女孩的聲帶，拔掉所有的牙齒，這樣可以防止她亂叫或製造噪音。但大家放心，我會在那些空空如也的牙肉上補上一層厚厚的軟膠質。那些軟膠質可以在女孩幫你口交時，帶來按摩般的享受而且絕對不會傷到你的陰莖。

另外，為了進一步穩固口腔的形狀，大部分時間我都會塞一個皮球在她的口腔。雖然聽起來很不人道，但講到底，我都已經割掉了她的聲帶，為何還要顧忌那麼多呢？簡單來說，現在那些女孩的口腔只需用來飲、食、屌。

當所有手術都完成後，我不會立即瘋狂地和她做愛。我會給兩星期時間她療傷，和進行一些「特殊行為訓練」。

大家要緊記她已經不是一個普通少女，而是一個「Lolita 性奴」，所以有很多東西還要學習。首當其衝是食物方面。因為她沒有牙齒，所以我只能餵給她一些嬰兒食品或奶粉，但要留意！不要餵她太多牛奶，一天兩次好了。因為她沒有行動能力，所以一旦肥胖了就會很麻煩。

飲料方面，她每天都要飲白開水或者檸檬水，一天四次，每次一瓶。為了保持她口腔肌肉的柔軟度，我會故意矇住她的雙眼和把奶瓶擺放在離她的口腔一小段距離。因為她已經沒有手腳，所以如果她想喝奶的話，她需要不斷努力吐舌和扭動頸部，才可以吸吮奶嘴，情形就好像口交般。經過長久訓練後，日後她給你

口交時，才可以提供更高的享受。

　　之後，很順理成章地，便是排泄的問題。你每天都要帶她上兩至四次廁所，而且還要幫她清理排泄器官。但如果你要外出工作，你可以把她吊起來，在底下放置一個馬桶就好了。反正她吃的不多，所以屙的也不多。

　　再下一步，便是性交的技巧。雖然她已經不能說話，但我仍然有辦法教導她如何幫我口交。例如在她含住我的雞巴時，我把一支電動自慰棒插進她陰道，利用調較自慰棒振幅的大小，去表示她甚麼時候含得好，甚麼時候要加把勁去含。除了性交技巧外，更加重要的是「奴隸意識」，又或叫「奴性」。我每天把自慰棒插進她的陰道的同時，會用皮鞭狠狠地鞭打她，直到背部鮮血淋漓，好讓她再也分不清痛楚和愉快。另外，我偶爾也會矇住她雙眼，用衣夾撐開她的陰戶，再用大頭針刺穿她的乳頭，而且針的數目一次比一次多，直接乳頭變得隻刺蝟般。我也會用電擊器和熱蠟不斷折磨她的下體，或者把她的肛門縫起來，好幾天不讓她如廁……總之你可以想像到的折磨方法我也會對她做，好讓她明白自己已經不是一個人類，而是一個性玩具。即使我不在家的時候，我也會把在性虐待她時拍下來的錄影帶播給她看，讓她印象更加深刻。

　　這種「調教」要不斷持續，直到某個情況，**她不單在肉體上是個性奴，連精神上也是一個性奴**。她會變得完全服從，充滿奴性，不會再反抗你任何類型的性要求。之後，我們還差最後一個「改造」步驟。在開估最後一個「改造」步驟是甚麼前，不妨讓

大家先猜一猜。提示是：我們已經截斷了女孩的四肢、割掉她的聲帶，那還餘下甚麼多餘的東西呢？對！就是聽覺和視覺。奴隸不需要任何東西，只有觸覺就夠了。

最後一個「改造」步驟大致如下：我會先給她注射適量的麻醉劑，之後幫她套上耳筒。接下來的幾小時，我會不斷播放極端地高分貝和吵雜的音樂，直到我認為她的聽覺受到永久性失聰為止。之後打鐵趁熱，立即用激光刺盲她的眼睛，直到眼白化為模糊。雖然這樣仍然不能使她完全失明，但足以讓她們不能分辨事物。我的 Tanya 和 Luda 偶爾還會對強光產生反應，或許她們仍然可以看到一些模糊的影子吧？縱使如此，我仍然會用眼罩矇住她們，純粹我個人覺得矇住眼的女孩比較「可愛」。

完成了所有的「改造」步驟後，那個女孩已經變成一個完美的「Lolita 性奴」，隨時可以出售。她們十分服從，即使你如何虐打她們，她們仍然不會反抗或製造噪音，你可以安心觀賞虐待她們時，急切起伏的胸膛和掙扎扭曲的表情。

最後，我不妨再三強調，她們很容易清潔，吃喝也很少，而且絕對不會逃走。你可以把她們掛在任何地方，既是性奴，又是裝飾。更加重要的是，即使她們性技高超，她們仍然是一名「處女」，剛剛才踏入青春期。這也引申另一樣問題：你一定要幫她們預測經期，除非你想要個孕婦版「Lolita 性奴」啦。

如果大家都想要一個「Lolita 性奴」的話，就通知我啦，隨時可以賣給你們。

其實大家可能在一些變態的網站，也看過一些類似的故事，但「Lolita 性奴」這個故事真正恐怖的地方是，它的確是來自一個「Deep Web」底層的網站，而這個網站裡頭所有的變態的案件都聲稱是網民的「真人真事」或「戰績分享」。

當然，你們可能認為其實裡頭的內容都是網民吹噓出來，就好像高登「感情台」某些帖子般。事實上，美國有不少戀童癖犯都是網站的會員，例如在 2013 年因長期性侵犯自己 5 歲的女兒的 James Huskey，他幫他女兒拍下的「短片」，最初也是在「Violent Desire」分享出來。所以裡頭有幾多是真？幾多是假？大家自行判斷了。

最後一提，其實那個網站有個 VIP 討論區，而進入這個 VIP 討論區的「入場券」是一·張·你·親·手·殺·或·強·姦·的·人·的·照·片……

`</p>`

`</body>`
`</html>`

Daisy Destruction
摧毀迪詩

```
<!DOCTYPE html>
<html>
<body>
```

`<p>`　　「恐懼」、「不安」、「不舒服」，對於一個專門寫恐怖傳說或者恐怖故事的寫作人來說，是經常需要面對的三種感覺。特別當你在大學也是修讀犯罪學的時候，它們三個簡直就是如影隨形地跟隨著你。有好一段時間，筆者認為自己已經學會怎樣和它們好好相處，認為自己已經看過人性最黑暗的事情，了解到那些變態殺人犯在想甚麼。但當筆者開始寫 Deep Web 後，發現以前的自己太天真了。

這個世界真的有純粹的邪惡存在。

　　老實說，筆者在寫 Deep Web 的題材時，真的承受著頗大的壓力，不是寫得好不好的問題。容許筆者在這裡打個比喻，好像你在漆黑一片的山林內趕路時，無意中在空地中撞破一個邪教的聚會。躲藏在樹後的你，看著一群戴著怪獸面具的異教徒，和一群貨真價實的惡魔，在月光下跳著淫亂的舞步，唱著褻瀆神明的咒語。即使你第二天有幸回到現實世界，也會有些陰影終生纏繞著你，令你不能再次用那個純真的眼光觀看這個世界。可能筆者扯得遠了一些，但希望你們明白我的意思。

　　以下的故事是真實事件，得到 100% 的証實，但不要問筆者如何証實，亦都不要企圖親自去証實。

一名警察的自白

大家好，我的名字是 John。容許我先自我介紹一下，我是一名警察，一名電腦警察。在我還很年輕的時候，我已經是一名電腦發燒友，喜歡研究各種電腦技術。我 16 歲的時候，已經可以輕易駭入學校任何一台電腦。在大學時，我更是主修電腦系統工程。畢業後，為了可以更深入這個數據世界，我決定加入了警隊的高科技犯罪調查組（Crime Investigation Division of High Technology）。由於我的網絡追蹤技術一流，加入了警隊後數年，便已經參與了很多大規模搜捕行動，親手送了幾個罪犯和戀童狂魔進監牢，甚至有幸和 FBI 跨國界合作。

至 2011 年，FBI 便開始搜捕一班自稱為 NLF 的人士，NLF 全寫為 No Limits Fun（無底線歡樂），我想從它的名字已經能猜到他們是甚麼類型的人了。NLF 既是一個組織，又是一個網站，一個藏匿在 Deep Web 的網站。他們專門在 Deep Web 販賣一些兒童色情（又名 CP 或 Hard Candy）、酷刑折磨的影片和照片。簡言之是一班既嘔心又變態的人渣。

在眾多類似的集團，FBI 戛然決定狙擊 NLF 的原因是一段影片，一段叫「Daisy Destruction（摧毀迪詩）」的變態 CP 影片。這段影片除了內容比大部分 CP 更加變態和血腥外，更加可怕的是，它浮上了表網絡。詳細的內容你們可能已經聽過，而且我也不方便詳述，但大致上是在一次偶爾的情況下，Daisy Destruction 被人貼在一個 Facebook 的專頁上，並吸引了數以千計的人觀看。所以 FBI 不得不採取行動，把發佈影片的人抓起

來，並抓了幾個觀看過的網民，好殺一儆百。

　　而我當時的工作是深入 Deep Web，找出影片主人的 IP 位址。因為那時表網絡上的 Daisy Destruction 已經被我們完全刪除，而 Deep Web 也只有網上訂購，沒有免費分享的途徑。所以我的方法是假扮成顧客，嘗試由買賣過程中找到賣家的 IP 位址。我在線人的指引下去到 Deep Web 一個網站。

　　網站的首頁已經貼滿了那名叫 Daisy 的小女孩天真活潑、笑容可掬的照片，就好像那是她個人粉絲專頁般，但我想到傳聞中那女孩的下場時，我的胃子像被人重重打了一拳，痛不欲生。我自己也有個 5 歲的女兒，這點讓我對那班 NLF 的人產生強烈的憎恨。但我趕緊讓自己冷靜下來，因為這個追蹤遊戲其實很危險，我在追蹤他們的同時，他們也可以追蹤我的藏身之處。

　　網站裡頭有一段一分三十秒的 Daisy Destruction 預告片，我把它截取了下來但沒有觀看，因為我當時只想儘快離開這個鬼地方。預告片的下方寫了完整影片的價錢，為 150 個 Bitcoin，約 $700 美金。我按下「Buy」後，影片便開始下載。我立即打開我所有法寶，嘗試追蹤賣家的位置，經過多番努力，我最終得到一個不太確定的 IP 位址，來自一個歐洲小國。但之後的調查，已經是 FBI 的工作了，基本上我已經功成身退。

　　我關掉了 Tor 瀏覽器，正當想把電腦也關掉時，我瞥到剛剛下載的 Daisy Destruction。在那該死的好奇心驅使下，我宛如著魔似的打開了那段影片，其後殘酷的畫面讓我後悔了一輩子。

影片開始不久便已經聽到小女孩的尖叫，小女孩悽厲的尖叫在房間不斷迴響，仿佛女孩就在我的房間被人凌辱。影片主要是兩個白人男人和一個神情漠然的南美女人。恕我不能在這裡和你們詳述，但那班禽獸對那個小女孩做的事是我見過最殘忍的酷刑、最不人道的凌辱。經過數十分鐘毫無間斷的虐待後，那個坐在旁邊的老女人終於站起來，親手「了結」了那名叫 Daisy 的小女孩。

在看過 Daisy Destruction 後，我好一段時間陷入情緒抑鬱和崩塌，我的上司見狀為我安排了心理醫生，甚至停職了數個月。即到現在，我仍然會定期去看心理醫生，確保自己心理健康。縱使如此，直到現在，每當我看著自己女兒時，Daisy 臨死前眼泛淚光的眼神仍然會浮現在我的腦海裡⋯⋯

以上是一名西班牙警員對調查 Daisy Destruction 一事的自述。當然在匿名的網絡世界裡，任何人都可以自稱任何身分，而且他對影片的描述和實際影片有些出入，但除此之外，他對 Daisy Destruction 的事件發展或者 Deep Web 網絡交易方式的描述都是絕對正確的。

在 2013 年 4 月，一個叫 Nemesis 的 Facebook 專頁發佈了一段叫 Daisy Destruction 的影片，由於影片正如之前的描述，實在太過變態了，所以影片釋出後不到半小時，便被 Facebook 官方刪除。但這段影片實在太過震撼了，半個小時已經足夠網民截圖和 Backup，並在討論區引起瘋狂討論。由於在表網絡的

影片已經被人刪去，人們（特別是西班牙人）得知影片是來自 Deep Web 裡一個叫 No Limits Fun 的集團，便立即一窩蜂竄進 Deep Web 裡尋找。而 No Limits Fun，說穿了也是一班商人，立即關閉了所有免費渠道並「吊高來賣」，並在 Deep Web 其他論壇宣傳。這點終於觸動了 FBI，他們首先抓了在 Facebook 發佈影片的人，再抓了幾個觀看及分享出去的網民。之後，他們又在 Deep Web 監測所有關於 Daisy Destruction 的買賣，定期抓了涉嫌買賣 Daisy Destruction 的人士，並全力狙擊 NLF。經過多番努力，有關 Daisy Destruction 的消息才稍為淡下來。

直到現在，在 YouTube 偶爾也可以見到 Daisy Destruction 的蹤影。當中大部分都是一些 Daisy Destruction 的模仿作，甚至人們拍下觀看 Daisy Destruction 反應的影片。但也有部分影片（通常很快就刪除）真的會附上連去 Daisy Destruction 原片的 Link 或者在 Deep Web 的購買網站，可見 Daisy Destruction 的幽靈仍然在表網絡陰魂不散。

影片內容

究竟這段讓所有網民既害怕又深受吸引的 Daisy Destruction 是甚麼？據悉，影片一共分為四段，總共四十五分鐘，而影片的受害人 Daisy 是一名大約只有 5 歲的女孩，而加害者是一名戴著面具的老女人。由他們倆深棕色的膚色來推斷，兩人應該為南美人。由網民的報告綜合出來，影片內容大致如下（如果你覺得自己不能接受，請跳到下一部分，不影響之後閱讀）。

來自筆者的警告

不知道你們看完後有甚麼感覺？嘔心？傷心？空虛？但就好像所有惡魔的誘惑般，通常這些負面的情緒背後都連帶著一種古怪的吸引力，讓你想一頭栽進黑暗裡。但筆者在這裡真的呼籲大家不要在 Deep Web 裡嘗試找尋 Daisy Destruction，不是擔心你們的心理健康，而是真的有人因此被抓。

在網絡上真的有不少人分享，自己身邊的人因為下載過 Daisy Destruction 而被抓。當中有一篇最讓筆者深刻，而且相信他說的是真實，因為那人用的文字和描述方式都很粗糙，不是存心創作的寫法，反倒像自己的感受。但由於篇幅所限，筆者不在此處和大家完整翻譯，而只是簡介其內容。

主人翁有一晚去了朋友家玩 Xbox，他的朋友是一名 Deep Web 愛好者。當他們玩悶了，主人翁的朋友就提出一起瀏覽 Deep Web，找一些「有趣」的影片刺激一下。主人翁的朋友在 Deep Web 認識一些網友，那些網友向他介紹了 Daisy Destruction 的影片。他和朋友起初在 Deep Web 也找不到，之後他們去了「Marianas Web（瑪里亞納網絡）」到看看，誰料到他們真的在那裡看見了一段叫 Daisy Destruction 的影片並立即下載下來觀賞。

怎料到主人翁此時突然肚子痛，沒有看到那段影片（至少他聲稱）。但他在廁所聽到女孩的哭泣聲和成年人的辱罵聲，之後他聽到朋友的尖叫聲。當他衝出來時，發現電腦已經關掉，他的

朋友面色灰白地坐在電腦面前，並警告他千萬不要觀看。

幾天後，有探員到主人翁朋友的家，帶走主人翁朋友及其電腦。在一星期後，主人翁的朋友終於因藏有非法物品而被捕，並被判監禁四年。

無論是真是假，網上真的有很多報告，說看過 Daisy Destruction 後均出現很嚴重的問題。雖然不一定是被補，但心理上一定會承受莫大的痛苦，所以筆者呼籲大家千萬不要嘗試在 Deep Web 找尋 Daisy Destruction！

隱藏在 Daisy Destruction 背後的恐怖

原本 Daisy Destruction 來到這裡已經完結了，筆者可以以犯罪學的角度來收尾。但是筆者之後幾天無意中發現了一些事情和一些秘密。在經過慎重考慮後，決定在本篇寫出來。（筆者看見只有兩三個西班牙人寫過，但他們還活生生，所以筆者應該沒有事吧？！）

其實以下的資料本來是抽起不提，因為起初筆者覺得下面傳聞的內容並不可信。但隨著之後 Deep Web 的探索，最終還是決定補上來。

根據傳聞，其實真正 Daisy Destruction 是有六段，不只四

段，而且小女孩最終在第六段被那個女人殺死。那麼遺失了的兩段影片去了哪裡？原來 Daisy Destruction 的真身不是一段兒童色情影片，而是一段撒旦教的祭祀儀式！

Daisy Destruction 記錄的其實是一段撒旦教在 10 月 31 日的祭祀儀式，當中頭四部是記錄調教「祭品」的過程，而隱藏的第五部則是「洗禮」，而第六部才是「獻祭」。但由於那兩段理論上只有撒旦教的精英才可以觀賞，所以即使在龍蛇混雜的 Deep Web 也被隱藏過來，而以下是那兩段隱藏影片的內容的簡介。

第五段繼續第四段「洗禮」的片段，影片也是發生在那個廁所。兩個白人男子和小孩都在浴缸泡尿。之後有個祭司般的人物會幫那兩個男人在浸滿尿的浴缸內進行洗禮。據悉，第五段和第四段的奇怪行為是用來嘲諷正宗基督教會裡的受洗儀式。到了第 6 段，那個戴著面具的老女人會接過那個小女孩，並用把匕首活生生剖開女孩的胸膛，不理會女孩的慘叫，女人伸手進去女孩的胸腔，咔一聲抓出女孩的心臟，生猛的心臟還在女人的手裡活躍地跳動著，並不斷噴出泉水般的鮮血。據悉，這樣表示那老女人在撒旦教應該是長老級，因為只有長老級的撒旦教信徒才可殺害「祭品」。

那名女祭司立即把心臟放在三腳桌上，桌上面放著各種象徵反基督教的物品。而那兩個剛受洗的男人也換上充滿三角形符號的黑色長袍，和那名女祭司一起生吃那個還在跳動的女孩心臟。而影片的最後五分鐘，主要是那兩個男人和女祭司瘋狂性交和吃下女孩其餘的身體部分，影片最終一幕以一堆古希臘文和象徵撒

旦教的符號作為結束。

以上的內容來自一名自稱是網絡工程師的西班牙人，沒有其他理據支持。而 Daisy Destruction 是否真的和撒旦教扯上關係？撒旦教是否真的隱藏在 Deep Web 的深處？你們暫時還可以當以上撒旦教的言論都是一派胡言，相信世界是美好的⋯

`</p>`　　　　至少暫時如此。

`</body>`
`</html>`

Killing Club

Deep Web 的殺人俱樂部

根據聖經記載，人類歷史上第一個殺人犯是該隱。在一次祭祀中，上帝只選擇亞伯的供品，而厭棄了哥哥該隱的供品。因為該隱嫉妒上帝偏好自己的弟弟，於是萌起殺意，一怒之下捉了亞伯到附近的農田，在那裡殺死亞伯。自此之後，人類便憑藉各種千奇百樣的理由殺害自己的同類，因家財產問題殺害自己的家人、因政治利益發動屠殺戰爭、因三角關係殺害情敵⋯⋯

但因為玩樂所以殺人呢？

在歷史上，有不少連環殺人犯不斷殺害無辜的人，當中比較著名的有開膛手傑克和十二宮殺手等。他們殺人的動機很單純，純粹是為了玩樂。曾經有個連環殺人犯受審時說過：「有人的興趣是散步、有人的興趣是閱讀⋯⋯而我的興趣碰巧是殺人罷了。」就因為這一個「興趣」，他殺害了數以十計的婦女，並把她們的屍骸斬開再掛在牆上。

每當我們聽到類似的故事時，都會感到不寒而慄，但同時也會暗暗和自己說：「那些變態殺人犯只不過少數，我有生之年應該不會遇上的。」

但如果我對你說你的想法太天真太傻呢？

如果我告訴你其實那些被抓的變態殺人犯是滄海一粟，還有數以萬計的殺人犯仍然逍遙法外呢？如果我告訴你其實每天有數以百計無辜的生命被那些變態殺人犯殘忍地殺害呢？如果我告訴你那些變態殺人犯甚至組織起來，躲在 Deep Web 的深處，開了一個專門虐殺無辜的邪惡網站呢？

我明白你現在一定不會相信我的説話，所以請你繼續閱讀下去。在 Deep Web 殺人主要以三種方式呈現：謀殺、自殺和虐殺，現在筆者和你們一一介紹。

首先是謀殺，指蓄意以任何方法非法殺死他人，當中也包括刺殺。在 Deep Web 就有數個進行刺殺買賣的網站，每個網站也清楚列明薪酬、附加費用、刺殺形式等等。基本上，你只要在 Deep Web 花大約八萬港幣，就可以殺死惹你討厭的人（政客要額外加錢）。

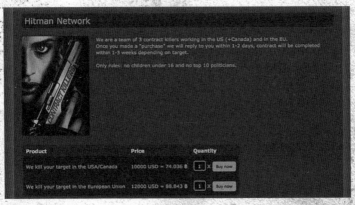

為了增加可信度，筆者就翻譯了一段買賣啟事給大家。

　　如果你問我為甚麼要在 Deep Web 聘用殺手，其實原因很簡單，因為 Tor 和 Bitcoin 都是高私隱性。你不會知道我是誰，我也不會知道你是誰。你被捉不會害我入獄，我被捉也不會害你入獄。那些電視劇說殺手和買主雙雙被捕絕對不會在 Deep Web 發生，所以你可以放心在這裡聘用我們。

　　以下是價錢和條件，希望你在聯絡我前閱讀清楚：

1）如果目標在歐洲地區，需要預先支付價值 $5000 歐羅的 Bitcoin，用作買武器、車輛、假文件等。如果目標在歐洲以外的地區，需先預先支付價值 $10000 歐羅的 Bitcoin，而且任務時間需要兩個月。除了我的費用外，你還要額外支付 4% 給這個買賣平台。

2）你可以要求我幫你除去任何妨礙你生活的人。我知部分組織會拒絕刺殺警察、法官、記者、政客等人物，但我不是那一類殺手。

3）目標一定要大過 16 歲

4）你要預先準備好目標的照片、名字、年齡、職業、住址、工作地址和車牌。如果你清楚目標的生活圈子和家庭結構，人物關係就更好，但這不是必需。所有相片上載到以下伺服器：███████，支援檔案格式：gif，jpg，jpeg，png，檔案大小：Max 2MB。

5）全任務的價格視乎目標而定，分兩次支付。第一次支付請參考第一條，第二次支付則要在完全任務十天內支付。

* 除去普通人為價值 $20000 歐羅的 Bitcoin

* 除去罪犯和警察為價值 $50000 歐羅的 Bitcoin，如果目標為老大或高級警官則要價值十萬歐羅的 Bitcoin

* 除去狗仔隊為價值 $50000 歐羅的 Bitcoin，如果目標為知名記者則要價值 $100000 歐羅的 Bitcoin

* 除去商人和政客則由價值 $50000 到 $200000 萬歐羅的 Bitcoin 不等

* 除去你的有錢老婆或老公則視乎你的財富而定

希望我們可以有愉快的合作！

　　你可能會以為這些網站是惡搞，而那些網站的創辦人也預測到你會有這種想法，所以他們把絕大部分的刺殺記錄公開。裡頭會有死者的死亡日期、姓名和死亡方式，你可以查看裡頭的內容，再對照報章的報導，你會發現全部都正確無誤！

　　謀殺之後，接下來是自殺。嚴格來說，自殺也算是殺人，只不過你殺的人是自己罷了。以下的圖片就展示 Deep Web 一個頗有名氣的「自殺俱樂部」。在 Deep Web，那些生無可戀的人聚在此論壇，討論各種自殺方法可行度和舒適度。

由圖片可見，這個自殺論壇討論的範圍包羅萬象，由「Suicide Thoughts（自殺想法）」、「Suicide Attempt（自殺企圖）」、「Method of Suicide（自殺方法）」，到心靈上的支持，例如「Crisis Assistance（危機授助）」和「General Support（人們的支持）」也有。

筆者還曾經看過有人徵求同伴，扮成強盜來到家中槍殺自己，好裝成謀殺，讓自己的家人可得到保險金，也曾經看過因網友的支持而放棄自殺的例子，所以這個網站究竟是正是邪？真的沒有人知曉…

那麼虐殺的網站呢？筆者編排在較後的篇章和你們介紹，但在這之前，先和你們說兩個絕對會令你毛骨悚然的 Deep Web 故事…

Shadow Web
殺人俱樂部

```
<!DOCTYPE html>
<html>
<body>
```

`<p>` 　　這是一名網友在一次偶爾的機會下，進入了一個殺人俱樂部網站，最終弄得萬劫不復的故事⋯

　　故事開始之始，筆者先說明一下「Deep Web」和「Shadow Web」的分別。在第一章也和大家介紹過甚麼叫「Deep Web」，簡單而言，它泛指一些不能由傳統搜尋器找到的網站。但是，正由於其隱蔽性質，有不少非法網站都藏匿在這個「暗黑網絡」之中，例如毒品交易、兒童色情、人口販賣等，就好像電影「罪惡城」裡頭的老城般生人勿近。

　　那麼「Shadow Web（影子網絡）」又是甚麼來？在電腦學上，「影子網絡」的網絡結構上和「暗黑網絡」一模一樣，也算是「暗黑網絡」的一種。但在字面意思上，「影子網絡」是指那些比「暗黑網絡」還深入、更病態的網站，裡頭變態的內容即使是毒品頭子或戀童魔也會捏一把冷汗。

　　其實「Shadow Web（影子網絡）」這個詞語的起源是來自Reddit（類似香港高登論壇）的帖子，這也是筆者今天要和大家介紹的故事⋯

一個可怕的警告

在 2014 年 2 月，一名叫 Keniluck 的網民在 Reddit 發佈了一個叫「A warning to those thinking about accessing the shadow web（一個給那些試圖進入影子網絡的警告）」的帖子，內容是講述他在一次偶爾的機會下，進入了一個叫「影子網絡」的世界，之後發生了一連串可怕的事情……

其實我們是不是真的熟悉每天接觸的網絡世界？在兩星期前，我一定會篤定地答你「是」，因為我以前一直認為自己是個「網絡老手」。畢竟，我在 Fortune City 和 IRC channels 97 年剛成立時，便已經是它們的資深會員。之後由 2008 年開始，我幾乎每天都花十二個小時在 Reddit 和 4chan，而且不會放過瀏覽任何一張最新最紅的貼圖。

直到我在兩星期前上過「影子網絡」後，便發現自己其實由如至終都不曾熟悉整個網絡世界，甚至不熟悉整個人類世界……

大約一年前，有人向我介紹一種叫「Shadow Web（影子網絡）」的東西 —— 一些埋藏在網絡最深層的網站、一些正規搜尋引擎不會找到的網站。雖然也有人曾經對我說過，即使「影子網絡」也不算是最深層，但那些不在我們這次討論範圍內。簡單來說，影子網絡就是一些沒有任何「超連結」可以經由「表網絡」進入到的網站，而且那些網站裡頭的內容也不是那些普通的屍體照片或人獸雜交。我已經深入探索過「影子網絡」，我可以向大家擔保，內裡東西的恐怖程度遠超乎你們想像範圍之外……

其實我從來沒有問過那個男人的姓名。他是我以前在一間加油站打工時的熟客。每一次他到加油站，都會購買 $20 到 $50 不等的 UKASH 憑證（一種類似 PayPal 的網絡貨幣）。我一直以為他用那些錢來買線上色情片，因為他那微禿的頭頂和米色的 Polo Shirt，簡直就是在對人說「我是色情狂」。

直到有一日，他突然一口氣買了 $300 UKASH 憑證。那一刻，我問了一條令我後悔一生的問題，我問他：「你要增值那麼多錢來買甚麼？」

「你有沒有聽過影子網絡？」他漫不經心地說，一邊拿出十五張 $20 紙幣。

我搖頭，因為那時候我真的沒有聽過。

聽過我的答案後，他用一種古怪的眼神打量了我一會兒，仿佛在計算甚麼。之後，他由錢包拿出一張信用卡大小的卡片，鬼祟地塞進我的手裡，仿佛是某間妓院的卡片。

「如果你想知道，就自己把答案找出來。」那個男人說完便離開，之後我再也沒有見到他了。

不久，我辭去了油站的工作，回到大學讀書。有一天，我無意中在褲袋裡找回那張卡片。這時候，我再仔細閱讀上面密密麻麻的文字，發現那些文字是教導如何通過「影子網絡」的「闇

門」。那些步驟非常繁複,還有些頗深奧。可惜的是,這些困難反而激起了我這個網絡發燒友的好奇心,我決定闖入這個神秘的「影子網絡」一看究竟。

關於「影子網絡」,第一樣你要知道的事情是,你絕對不會想去那裡。我也在「表網絡」瀏覽過一些血腥恐怖的網站,但沒有一個比得上「影子網絡」裡頭任何一個網站。現在回想起來,其實我進入「閘門」那一刻,便應該立即回頭,但可惜我沒有那樣做。

「影子網絡的閘門」是一個類似你在飛機場用 Free Wifi 時登入的首頁。當我登入後,看到裡頭有很多分類索引。第一個引起我注意的是 Corpsefucking(又譯姦屍、戀屍、屄屍),下面竟然有三十個以姦屍為主題的網站!「剝皮」、「肢解」這些索引也有很多網站,證明這些主題在這個「影子網絡」也頗受歡迎。

其實除了色情和血腥外,這個「影子網絡」還有許多索引,但全都離不開殺人越貨的事情。例如有個網站教你如何 DIY 炸彈,也有個為「吃人肉癖」和「被吃癖的人」而設的另類「徵友網站」,還有一些販賣假身分證的黑市。

我在一個叫「avenge.shweb」的網站逗留了一個小時有多,裡頭是一些政府機密文件和戰時外交文件。那個網站的設計很「復古」,希望你明白我的意思。當我發現自己面對那些奇怪標題的超連結,想也不想便按入去時,我便知道自己已熟悉了這個「影子網絡」。

至少暫時如此。

　　事先聲明，我一定不會告訴你們以下提到的網站位置或名稱。當你看過以下的內容，你就會明白我這樣做純粹為了保護你們和一些無辜的女人。因為我明白人的好奇心是怎樣一回事，我知道我說出來後，一定有不少找死的小朋友不顧後果地找那個網站，而我絕對不想讓這種事情發生。

　　我是在偶爾的情況下發現「那個網站」。「那個網站」是一個網上直播真人 Show（類似我們的 JTV），觀賞是免費的，左側還有個公眾聊天室，觀眾可以留言說話。除此之外，畫面下面有個「UKASH 按鈕」，在某些情況下可用來給錢網站主人。網站要先登入才可以看到影片和聊天室內容。我當時以為是甚麼畸形性愛真人 Show（亂倫、人獸），心想沒有甚麼大不了，所以想也不想便開了一個新帳戶，登入去看看。

　　當我登入之後，數以百計的留言便立即彈出來，那些留言主要是英文，但也有些日文和法文，甚至連阿拉伯文也有。最初，「那個網站」的觀眾大約只有 150 人，不久便增加到 200 人。大部分留言內容都是一些催促性句子，例如「開始了嗎？」、「GOGOGOGOGO～」等等。

　　大約數分鐘後，鏡頭突然出現一個戴著曲棍球面具的男人。那個男人有深棕色的皮膚，而且瘦骨嶙峋，讓人聯想起埃塞俄比亞那些挨餓的非洲人。此時，網站的管理員把聊天室的功能關上，對話框只餘下一位叫 Italiangoat（意大利山羊）的會員能夠發

言，還真是個古里古怪的名字。

突然，鏡頭傳出一把女人的尖叫聲。

鏡頭映照出一間陰暗的房間，一名女子坐在房間的中央。她的雙眼被人用黑布矇上，手腳被蟒蛇般粗大的繩子緊緊纏繞住，被綁在一張破爛的木椅上。那個戴上曲棍球面具的男人則站在女人的旁邊。他的旁邊還有另一個皮膚黝黑的男人，很難說出他的國籍，他非常壯碩，有軍人的身形和屠夫的冷酷眼神。他一手緊緊揪住那個女人的長髮，不讓她逃走。那個女人不斷扭動身體，試圖脫開身上的繩子。但這些掙扎都是徒勞，那些繩子實在太緊，反而在她的身上留下一條條深紅瘀痕，天知道她像這樣被人綁了多久！

最後，那個戴上曲棍球面具的男人把女人的眼罩撕下來，女人的尖叫聲也猛停下來。那個女人用不敢相信的眼神環顧四周，仿佛不知道自己為甚麼在這裡。當她看到面前的攝影機時，瞳孔立即因恐懼急劇縮小，並開始輕聲啜泣起來，仿佛意識到接下來發生的事情。雖然我聽不懂她在説甚麼話，應該是阿拉伯話，但由她的絕望的樣子便猜到她在哀求那個男人，希望他們放過她。

此時，對話框彈出 Italiangoat 第一則訊息。

Italiangoat：把她打側躺在地上。

　　他們的流程大約如下，每當會員 Italiangoat 落下一道命令，那個曲棍球面具男人便會把訊息翻譯成另一個健壯男人的母語，之後那個壯碩男人便會立即執行。

　　Italiangoat：踢她的肚子。

　　壯碩男人毫不猶豫，立即狠狠一腳踢落女人的肚子，女人樣子痛苦地摀住肚子，仿佛要嘔吐起來。

　　Italiangoat：踢她的臉。

　　女人的臉孔立即被踢得扁平，鼻樑應聲斷裂，發出清晰的「咔」一聲，鮮血立即由鼻孔流出。

　　Italiangoat：踢她的胸膛。

　　女人的胸腔立即被男人踢得沉悶的砰砰聲。我用難以置信的目光瞪著螢幕裡瘋狂的景象，視線久久不能轉移。我有想過打電話報警，但整個人仿佛被嚇得石化，四肢像岩石般沉重，還是我被那個女人吸引了？

　　Italiangoat：跟你朋友說踢得凶狠些，我可是給了你們很多錢。

　　收到命令後，那個黝黑男人立即加把勁地在女人的身上亂踢

亂蹬，那個女人在地上不停地尖叫，翻滾身體，但這些動作沒有令踢她的男人慢下來，仿佛她只不過是屠宰場裡的一頭豬，而不是一個有血有肉的女人。

Italiangoat：現在割開她的喉嚨。

當我看到這段訊息，我在電腦面前尖叫了出來，胃子揪成一團，心臟跳得像失控的兔子。我嘗試打一些訊息給管理員，但全部毫無回音。那個女人聽到曲棍球面具男人的轉述後，立即發出悽厲的尖叫。

Italiangoat：等一下！收回！收回命令！

黝黑男子立即放下抵在女子頸下的利刀，等待新的指示。我看到那個會員收回命令，立即鬆一口氣，認為他只不過是恫嚇那個女人。但 Italiangoat 很快下一則新的命令，**而這個命令瞬間摧毀了我前一刻任何天真的幻想。**

Italiangoat：先挖了她的眼珠出來。

那個曲棍球面具男人瞪著螢幕好一會兒，眼睛看不清是冷酷的計算還是慈悲的猶豫，他很快就回覆給 Italiangoat 一個簡潔而戰慄的訊息。直到現在，**每當我想起那個訊息，也會感到毛骨悚然。**

Admin：要多給 $500。

　　看到訊息後，我的腦袋突然變得空白一片，心想著 $500 這個價碼。$500？一個女子的生命只值 $500？$500 就可以把一個無辜女人折磨得半死不活？$500 就可以決定一個女人的生死？我有想過立即出更高的價碼把女人救出來，可惜我當時真的無能為力，我只是一個在加油站打工的年輕人，銀行戶口甚至 $300 也沒有，更不用說 $500。我只能眼白白看著眼前這個無辜的女人，被那些變態的有錢人在死前玩弄得不成人形。

Italiangoat：OK！

　　一把悽厲的慘叫立即由螢幕傳出來，那是我有生以來聽過最悽厲的慘叫聲。我想把網站關上，但我的胃子搶先一步，把我拉入廁所吐起來。我幾乎把兩天份量的食物全都嘔吐了出來，那個女人的尖叫仍然由電腦不停傳出，在整間房子迴響，仿佛就在我的房間被殺。

　　即使我把黃膽水都吐了出來，我仍然瑟縮在廁所內，不敢回到房間。我以前也有看過很多殺人的影片，但我可以向你們保證，你親眼目睹一個活生生的女人被折磨至死，和看那些殺人影片，是兩回事來的。

　　直到那女人的叫聲完全停頓下來，我才由廁所頹然地走回房間。當我回到房間時，我看到我這輩子最不想看到的一個畫面。

那個女人的臉被湊近在鏡頭面前，可以清楚看到她破裂的牙齒、裂開的鼻子、碎裂的下巴，還有被割開的喉嚨。但最可怕的地方是那雙血窩，那些原本是眼珠的地方，現在變成兩個深不見底的血窩，鮮血不斷流出，宛如淚水般流過臉頰，流下兩道深紅色的淚痕。空洞的眼窩怔怔地瞪著鏡頭，仿佛在怪責所有人，怪責所有袖手旁觀的觀眾。

我殺了那個女人，這是我第一個閃過的念頭。無論是直接或間接，我都對那個可憐女人的死有點責任。這個想法實在太沉重，我用最快的速度衝到電腦前，手忙腳亂地拔去電源，並決心不再上這個該死的「影子網絡」。就在螢幕轉黑前那一刻，我看見那個管理員的下一則訊息，**那則訊息是整件事最恐怖的地方，那則使我整個月也無法安眠的訊息。**

Admin：多謝你們的觀賞！下一場表演是一小時後！記得留意！

「來啦，我們好想去影子網絡！」

當 Keniluck 的文章發佈後，整個 Reddit 論壇的網民的反應，就好像大家一樣，所有人都瘋狂地討論起來。

他們第一條追問 Keniluck 的問題是：「究竟 Shadow Web 是不是真的存在？」畢竟，文章是發佈在一個類似「創作

台」或「吹水台」的地方，吹嘘的人多的是。其中一批以網民「Dumplingsforbreakfast」為首的群眾，則認為 Keniluck 説錯了，他所説的網站其實是在 Deep Web（深層網絡）。因為他們也有瀏覽過 Deep Web，也是 Deep Web 的老手。他們説那裡也是藏匿很多可怕血腥的網站。以下是 Dumplingsforbreakfast 的其中一則留言。

⋯⋯作為一個經常瀏覽 Deep Web 的人，我可以和大家擔保樓主所説的網站真的存在，但是那些網站應該是「.onion」而不是「.shweb」，而且不是叫「影子網絡」，是叫作「暗黑網絡」或「深層網絡」。

我猜想他把名字改掉是避免大家和他犯同樣的錯誤。UKASH 和 Bitcoin 都是暗黑網絡的常用貨幣。除此之外，樓主説那個「血腥真人 Live Show」也應該真的存在。雖然我沒有去過，但以 $500 − $1000 的價錢來買一條人命，在 Deep Web 是很常見的。那個女人應該是來自非洲或者印度。根據黑市的做法，如果一個女人不願意當性奴的話，那麼奴隸主就會把女人虐殺，拍成影片，再給其他試圖反抗的女人看，達到殺一儆百的效果。

雖然我不確定 Keniluck 的故事是不是真實，但它所説的事情有很多都是真實存在我們的世界。另外，我看到很多網民想知道進入暗黑網絡的方法，但我不建議你們這樣做。因為那裡真的有很多駭客和病毒，而且政府現在會追捕一些上過暗黑網絡的人，以前常用的 Proxy 和 Tor 瀏覽器已經不太夠用⋯⋯

在 Dumplingsforbreakfast 這段留言發佈了不久，Keniluck 便和他發生罵戰。主要原因是 Keniluck 堅持自己去的是 Shadow Web 而不是 Deep Web，他說 Shadow Web 是比 Deep Web 更邪惡、更可怕的地方，但 Dumplingsforbreakfast 當然不相信啦。最後，Dumplingsforbreakfast 便説：「那麼你給去 Shadow Web 的方法我們，讓我們一看究竟。」

接著，Keniluck 便以私聊的方式把通往「影子網絡」的方法給了 Dumplingsforbreakfast 和其他「DeepWeb 老手」，**這也是之後一連串恐怖戰慄災難的開始……**

「我想我們的政府一直在騙我們……」

Keniluck 發帖後的第三天，Dumplingsforbreakfast 便發了一個叫「1. Shadow web is real 2. Stay away from it（一，影子網絡是真實；二，盡可能遠離它）」的帖子，裡頭可怕的內容揭露了「影子網絡」遠比我們想像中的黑暗和勢力龐大…

我是在昨天早上收到 Keniluck 的 PM，為了證明我是錯，他決定給我通住「影子網絡」的方法。順帶一提，Keniluck 好像被網民的反應嚇壞了，他沒有想過自己原意是警告的文章，反而變相幫「影子網絡」賣廣告。

起初我覺得他有點歇斯底里，認為自己需要為洩露「暗黑網

絡」的秘密而負上全部責任。我對他說其實在 Reddit 講述有關「暗黑網絡」的帖子數以百計，只不過你的故事比較嚇人罷了，所以不用反應過度。

看到我的 PM 後，他立即嘗試糾正我，堅持「影子網絡」不是「暗黑網絡」，也不是「深層網絡」，而是一種更加邪惡，更加「仆街」（引用他的原句）的東西。之後，他給我他的電話號碼，並說如果我真的想上「影子網絡」的話，就傳送短訊給他。

我飛快地掃視了那個電話號碼一下，發現它的地區編號是來自加拿大，一個叫瓦利菲爾德（Valleyfield）的小鎮。我心想他應該不是甚麼壞人，便傳送手機短訊給他。

不到五分鐘，他便回覆了我。回覆的內容是兩張圖片，圖片是一張卡片的正反面，應該是他文章中提及那個顧客給他的那一張。那張卡片有兩樣事情引起了我的注意，**第一，是它的字型**，卡片上的文字是直接由電腦打印出來，而且卡片很多摺痕和微黃，所以這張卡片應該跟隨了上一個主人很長時間，可能有兩至三年。我猜想那個男人可能熟悉了裡頭所有步驟，才願意轉讓給 Keniluck。

第二樣詭異的事情是它的步驟，那些步驟通往的地方真的不是「暗黑網絡」，至少不是我熟悉的「暗黑網絡」。我開始慢慢相信 Keniluck 的説話了⋯⋯

其實那些步驟不是太過複雜，以我的電腦技術來説，只需半

個小時便可以完成所有步驟。但值得一提的是，它要求一種很奇怪的瀏覽器——Netscape Navigator，一種很古老的瀏覽器，甚至比 Internet Explore 還早，保安性很差，而且，它還要求把 Netscape Navigator 改裝成特定型號才可以進入。我最後需要在「暗黑網絡」的一個論壇，才可以找到它所指的版本，我想也不想便下載到我的電腦，反正我電腦的保安系統一向都出名地強。

當我通過了「影子網絡」的閘門後，我發現 Kenuluck 寫的內容全部都是真的，**「影子網絡」真的不是「暗黑網絡」**…而且他真的需要擔心一下自己的安危。

容許我打個比喻，如果普通的「深層網絡」是你家附近童黨喜歡聚集鬧事的公園，那麼「暗黑網絡」便是區內一棟最恐怖，最猛鬼的荒廢精神病院。

而「影子網絡」就是那棟精神病院最底層，被人用鐵鏈重重鎖上的地牢。那裡不見天日，埋藏住人類最邪惡的靈魂和各種可怕的罪惡。

在繼續寫下去之前，我想我要和大家交代一下我的背景。在留言板上，我曾經提及我有上過「暗黑網絡」，便立即有網民罵我是怪物、變態。先旨聲明，我不是那些喜歡看無辜女人被虐殺的變態男人，我上「暗黑網絡」是因為「工作需要」，但是甚麼「工作需要」呢？恕我不能再透露下去了。

當瀏覽了數個「影子網絡」的網站後,我開始認同政府應該監測網上所有的事務,因為那裡的網站實在太畸形和病態,但可惜我不能在這裡和你們詳述網站的內容。

當中我找到了一個叫「rumcake.shweb」的網站,我起初以為那就是 Keniluck 所描述的網站,但後來發現那是一個綜合索引的網站!裡頭有數以十計直播「人體折磨Live Show」的網站,而且還超過一半在直播中。另外,「折磨的主題」包羅萬象,人種來自世界各地,有男有女,有老有嫩,簡直是某場「變態妖魔的盛宴」。

雖然當時已經凌晨一時,但我也立即打電話給 Keniluck。除了向他道歉之外,我還想向他表明自己的身分,讚賞他英勇的行為,因為他提供的資訊可以拯救到數以千計的生命。但可惜他沒有接聽,畢竟,正常人都應該睡覺吧。

我把注意力放回那些病態的網站上,發現那些網站不是一兩個人可以清除到,所以我決定傳送手機短訊給我的女上司,和她說我釣到一條「大魚」,但需要她的幫忙。不到三分鐘,她便回覆我一個簡潔而緊張的短訊:「立即打電話給我。」

雖然對話的時間很短,但內容依然令我非常震驚。原來我的上司一早知道「影子網絡」的存在,但她說因為那裡「甚麼人都有」,所以要麼傾力遮掩,要麼完全清除,所以遲遲未有行動。既然現在有網民把它「浮上水面」,就唯有「放手一博」。

　　還有，她還提醒我因為 Keniluck 用了自己的帳戶發佈帖子，而他又違犯了「影子網絡」的沉默守則，所以他現在的處境是非常、非常危險。

　　我的女上司批准我站出來和大家說話，因為一來可以有效阻嚇你們，二來我可以作為連絡人，你們有甚麼消息也可以和我說。雖然她也警告我這樣做會把自己和 Keniluck 放在同一位置，但大家放心，我會把自己的 IP 位置隱藏得很好的。

　　已經是清晨五時了，Keniluck 仍然沒有任何回音。如果你看到這篇文章，即使你不想接聽我的電話，也在這裡和大家報平安。

　　最後，我知道有部分網民在看過 Keniluck 昨天的帖子後，也有嘗試去「影子網絡」或「暗黑網絡」。無論你最後有否成功到達，我都建議你把電腦的麥克風和鏡頭拆除，是「完整地拆除」，不是純粹把它關上。另外，不要再把你的手機插入電腦的 USB 插口，後果可以非常嚴重！

　　最重要的是，不要再涉足「影子網絡」任何事情，連發帖子也不要！

「找人對我說這只是一個玩笑！」

之後那一天，Keniluck 一直音訊全無。

直到有網民找到一篇新聞，新聞的標題嚇得所有螢幕面前的網民立即汗毛直豎，再也笑不出來了。

「瓦利菲爾德鎮一名男子被懷疑謀殺」

這篇新聞是真的存在，而且發生的時間也是 Keniluck 和 Dumplingsforbreakfast 發帖後。新聞的內容筆者在這裡不作完整的翻譯，只會簡介一下內容。

新聞的內容大約如下：昨晚凌晨一時，一名 36 歲的男子被發現倒臥在家中，身上至少受到一下致命的槍擊。隨後，醫護人員在救護車上宣告他已經死亡。警方暫時找不刑行凶動機，並把案件列為謀殺案處理。

新聞釋出後，立即在 Reddit 掀起軒然大波，所有網民紛紛收起先前歡笑打罵的態度，不得不嚴肅地看待事件起來。人們第一條問題是新聞中的男人是不是 Keniluck？因為 36 歲的中年男子和網民心目中的年輕大學生印象實在差距甚遠。但隨即被網民反駁說在加拿大，人們到了 36 歲仍然一邊打工一邊上社區大學是很平常的事情，沒有甚麼大不了。而且會不會碰巧發生在同一個城鎮裡？講到底，加拿大的治安遠比美國好，謀殺案是鮮有

的事。

同一時間，有一名網友在 Reddit 發佈一個很令人心寒的帖子，帖子的題目為「Do not violate our laws. Do not enter unless you are secure. If you do these things you are safe.（不要違犯我們的律法，不要在電腦裸奔狀態下進入，跟著以上的指示做就安全了）」。帖子內容在筆者撰寫時已經被刪除了，只餘下標題和網友的留言。由網民的討論得知，有一名自稱是 Paper Trail Friend（紙條審判人）的網民承認他是那宗謀殺案的兇手。他說因為那名「Paper Boy（紙條男孩）」洩露了他們的秘密，甚至為整個「影子網絡」帶來大麻煩，所以不得不親手把他手刃。

帖子傳出後，像助燃劑般大大加劇「影子網絡」這個話題的火熱程度。先不論他是否真的殺死 Keniluck 的兇手，如果是真的話？那麼他的身分又是誰呢？會不會是那個給卡片的中年男人呢？甚至有網民猜想死掉的男人其實是那名給卡片的中年男人，而不是 Keniluck。Keniluck 可能還生存，只不過躲起來罷了。

但他們沒有太多時間討論了，因為可怕的事情像洶湧的巨浪般，一浪接一浪地撲過來，而故事的下一個受害者是⋯⋯探員 Dumplingsforbreakfast。

「如果是惡作劇的話，你勝出了，我他媽的嚇到不敢上網了。」

就在新聞釋出後不過一天，之前那名自稱是網上探員的 Dumplingsforbreakfast 便發佈了一個頗轟動的帖子，帖子的題目叫「I've been set up（我被設計了）」，由於帖子內容太過血腥了，所以發佈不到一個小時便被刪去。但慶幸的是，有網友把內容備份在另一個論壇，所以筆者才有機會翻譯給大家。但聽說文章在開頭時很斷斷續續，而且錯字很多，筆者看到的已經是編輯過的版本。

警察應該差不多趕到來，其實我現在還有時間可以逃跑，但我一旦逃跑，便要逃跑一輩子。我另一個選擇是「他們」破門而入前，把我的經歷告訴你們，可以寫多少就多少。

我的手指顫抖得很厲害，我知道會有很多錯字，但沒有其他方法了。警察和法官不會相信我的故事，但我仍然有責任警告你們，影子網絡真的比我們想像中可怕很多倍，他們絕對不是一班無業的變態漢，他們很有「實力」。

大約在半個小時前，那時候我正駕車回家，突然有一個沒有來電顯示的電話打來。當我接聽時，我的未婚妻的尖叫聲立即由電話傳出，聲嘶力竭地呼喚我的名字。

我趕緊問她發生甚麼事，但她還沒回答我，她的呼喊聲便變成模糊的呻吟聲，好像有人用搗住她的嘴。之後，我聽到一連串掙扎聲、叫喊聲、哭泣聲，最後只剩下一片令人不安的沉默。

我一路像個瘋子般不斷地對電話咆哮，尖叫地問他們對我的未婚妻幹甚麼，一路踏盡油門，飛奔去我未婚妻的公寓。

警察已經到樓下了，我餘下的時間不多。

電話另一端的男人終於說話了，他的口音很古怪，不像本地人。他淡淡地說：「不，不是我，問題應該是『你』對她幹了甚麼？」他說完便掛上電話了。

當他掛線後，我便打電話報警了，雖然我現在發現這是一個最愚蠢的選擇。

當我去到女友的家時，發現那些血跡、那些無名的屍體、那些繩子、那些鐵錘已經放置在我未婚妻的家中，還有那部攝影機，那部該死的攝影機！他們佈置好一個謀殺現場讓我踏進來。

他們想插贓嫁禍！我心想，他們根本一早算好我會報警。

我的電話又響起，不出所料，又是那名操外國口音的男人。我未婚妻的呻吟聲再次由電話另一端傳過來，但很快就那個男人冰冷的聲音取代，他命令我打開抽屜，把裡頭的手套和曲棍球面具帶上，如果不是就殺了我的未婚妻。

我沒有其他選擇了……那些警察在撞門了，最後只想和大家說那些人不是我殺的！

就在文章發出後不到三十分鐘，Dumplingsforbreakfast（不知道是不是他本人）便把文章內容刪去，換上一條超連結。當好奇的網民按入去時，卻發現是⋯一張無頭屍體的相片。

屍體是一具女性的屍體，赤裸裸地坐在一張椅子上，頭部被整齊地割去，鮮血由斷掉的頸子不斷湧出，灑得一地血花。背景灰白色的牆壁被人用鮮血寫了十一隻大字：「這就是跟影網對抗的下場！」（對，你沒有看錯，是中文字，還要是簡體中文字。）

這張相片在發後十五分鐘也被刪掉了。

「夠了！夠了！放過我們好嗎？」

故事來到這裡已經接近尾聲了。在 Dumplingsforbreakfast 最後一個帖子發佈後，幾乎在一天之內，所有關於 Shadow Web 的帖子和發帖的帳戶都被網站管理員刪除了，幾乎只餘下 Keniluck 和 Dumplingsforbreakfast 的首篇文章，網民的討論，和一些無關痛癢的帖子還留在網上。

順帶一提，那些曾經接觸過 Shadow Web 的網民在事後紛紛報稱受到一個自稱是新加坡重案組的探員，Perry Tsung 的詢問和騷擾，甚至在 Reddit 所有關於「影子網絡」的帖子，也可以看到這位 Perry Tsung 的留言：

如果大家有任何資訊，麻煩致電 ~~800-824-5881~~ 或直接和本帳戶連絡，高層已經嚴肅看待此案件了，多謝！

可能 Dumplingsforbreakfast 的經歷嚇壞了大家，所有接觸過「影子網絡」的網民都説不敢和這位來歷不明的 Perry Tsung 連絡，恐怕會步上 Dumplingsforbreakfast 的後塵。

在那篇文章之後，再也沒有人聽過 Dumplingsforbreakfast 的消息，而他的帳戶也在事件不久後被管理員刪除。同時，網民在也沒有找到和 Dumplingsforbreakfast 描述情況類近的新聞，有網民説他的上司提過會傾力遮掩事件，所以新聞找不到也可以解釋到。（另外，如果你知道美國每天發生多少宗類似的謀殺案，你便會曉得要找出 Dumplingsforbreakfast 的案件其實很困難。）

至於 Keniluck，他的帳號仍然健在，還時不時回覆一些帖子，但對所有關於 Shadow Web 的事隻字不提了。

究竟這次「影子網絡事件」是純粹一場精心的惡作劇？還是真有其事？沒有人能給一個明確的答案。但可能就好像一位 Reddit 的網民所説：「無論是真是假，你都勝出了，因為我他媽的嚇到不敢再提深層網絡（Deep Web）了。」

老實説，看完以上的故事，你們可能不會太過害怕，但筆者就真的嚇死了！畢竟，故事裡頭有貼過關於 Shadow Web 帖子

的人物都好像沒有甚麼好下場！更何況「影網」組織的人會寫中文字！如果幾天後，筆者突然失蹤或被人拘捕的話⋯⋯

　　我們回去故事的本身，究竟是真是假？其實整個故事結構很完美，無論是真實，還是捏造，你都可以找到一個近乎完美的解釋。筆者知道在一些論壇引起很激烈的討論，所以在這裡也留下一些意見。

　　首先，無論有多少反駁的證據存在，筆者都相信故事是真的。第一，就是那宗發生在加拿大的謀殺案，因為那宗謀殺案是確實存在，而且事發時間正正在 Dumplingsforbreakfast 和 Keniluck 的文章發佈後，筆者暫時想不到可以反駁這個「巧合」的合理理據。

　　至於另一個原因，則比較感性，其實幾年前筆者看過一部恐怖電影叫《恐怖旅舍 Hostel》，裡頭是講述一班背包客被人拐帶，淪為一些「網上殺人真人 Show」的祭品（似曾相識嗎？）。當人們問導演由哪裡獲得靈感時，那個導演答在「網絡某處」和一些「落後國家」的朋友。所以當筆者日前接觸了這個故事時，便立即回想起那位導演的說話，認為「網上殺人真人 Show」是真的存在⋯⋯

```
</p>

</body>
</html>
```

Énclium 邪惡四人組
& The Baby Burger

```
<!DOCTYPE html>
<html>
<body>
```

`<p>`

　　本節會一連介紹兩段由 Deep Web 浮出來的影片和一個以殺人為玩樂的組織，但在講述故事的來龍去脈前，筆者決定先為大家敘述影片的內容。

　　影片在一間殘破的倉庫內拍攝，周圍擺滿鏽跡班駁的機器，看似是廢棄已久的工廠。影片開始時，一個很大的麻布袋吊在工廠中間，圍住它的是四個戴著黑色面具的彪形大漢。其中一個大漢確定攝影機打開後，其他兩個大漢則合力把麻布袋打開。麻布袋一打開，鏡頭便立即露出一個全身赤裸，手腳被粗繩綁住，眼睛被黑布掩蓋的中年婦女。她像蠱蛹般不斷在凌空扭動，口中唸唸有詞，一幅很不安的樣子。

　　其中一個男人拿出一條粗長的黑皮鞭，開始在女人身上狠狠鞭打，每鞭都孔武有力，在空氣中發出恐怖的嗖嗖聲。那名可憐的女人馬上爆發出悽厲的尖叫聲，但身邊的男人卻好像無動於衷，反而露出津津樂道的眼神和淫邪的笑容。很快，女人白滑的身軀便被鞭打得皮開肉裂，撕裂的皮膚露出血肉模糊的肌肉，一絲絲血柱般的鮮血徐徐流下。

　　但好戲還在後頭。

　　一會兒後，那伙人好像玩厭了似的，其中兩個男人便合力由

倉庫後方搬出一塊鐵砧。鐵砧即是用來做鍛打那些重型鐵塊，形狀似砝碼，大小有一頭牧羊狗那麼大，非常重。其餘兩個則把女人拉下來，大力按在地上，再分別負責捉住手和腳，拉成一條線型，女人開始驚慌地尖叫。

那兩個負責搬鐵砧的男人剛好回來，看到躺在地上成一字形的女人，便把鐵砧高舉在女人頭顱的上空，在女人頭上形成一道可怕的陰影，女人對於自己未知的命運發出最慘烈的叫聲，身邊的男人則爆發出非常邪惡的訕笑聲。

然後那兩個男人放手。

砰！就好像爆開的西瓜般，女人的頭顱應聲爆裂，灰白色的顱骨和血黃色的腦漿灑得一地，鐵砧仿佛和頭顱連成一體般陷入了骨肉內，女人的尖叫聲也毅然停止了。面具被血漿噴滿的男人們哈哈大笑出來，好像他們剛才做了甚麼有趣的實驗，而不是殘殺了一名無辜的女人。其中一個男人更惡作劇地拿起鐵砧，再多次砸落女人的頭顱，腦子濺到鏡頭。影片到這裡也完結了。

以上的影片叫「Énclium」，是 Deep Web 一套頗有名氣的影片，在 Deep Web 初期（2002 年）已經開始流傳，而Énclium 本身也有鐵砧的意思。據網民所說，影片的拍攝場地是意大利或法國，影片中的女人和那四個邪惡的男人的身分依然未知，只知道他們四個類似一個以「Happy Killing（快樂殺人）」，即在街上隨機抓受害人來虐殺，為題的行動小組。由於影片過於驚慄，不少網民的反應都和你們一樣，感到痛苦和噁心。但唯一

慶幸的地方是，它沒有像「Daisy Destruction（摧毀迪詩）」般浮上表網絡，所以看過它的人不多。

但你們想不想看「Énclium」的完整版本？

其實「Énclium」流出後不久，那伙人便發佈了另一段影片，對「Énclium」有較「完整的描述」。那段影片的名稱叫「The Baby Burger」，其嘔心程度遠比「Énclium」來得恐怖。多餘的說話不多講了，筆者現在立即敍述影片的內容，但先旨聲明，**沒有一定心理承受能力的人不要看。**

影片開始時，拍攝者坐在一輛私家車內，拍攝窗外的街道，車內傳出男人的交談聲。那輛私家車好像在找尋甚麼，不斷在街道上兜風。大約數分鐘後，車輛來到一處比較偏靜的住宅區，鏡頭碰巧影到一個中年婦女抱著一個嬰兒在街上散步。此時，車內的人突然傳出一陣騷動聲，好像在商量甚麼。

突然，車內兩個戴上面具的男人衝了下車，衝向那個抱著嬰兒的女人。那個母親對事情還沒有反應過來，其一個男人已經一手搗住她的嘴巴，另一隻手環抱住她，使她不能掙扎，另一個男人則一手搶走她手中的嬰兒。那個母親看到嬰兒被搶走，瞳孔立即擴張，眼神充滿驚恐。她企圖掙扎，但在那個身材彪悍的大漢面前根本徒勞無功。母子二人很快便像小雞般被那兩個大漢抓了上車。

此時，影片大約中斷了四秒。當鏡頭再次出現時，畫面再次

回到車廂。那個母親被放在後座，昏了過去，應該被人注射了鎮定劑。而那個嬰兒（應該是男嬰）則在一個男人手裡，哇哇大哭。由窗外的景色推斷，車輛正在駛入山區，甚至是森林的深處。

不久，車輛由公路轉入泥濘小路，周圍都被厚實的樹木包圍住。很快，樹木便慢慢變得稀疏，車輛來到一處營地般的地方，有個燒烤爐和數個帳篷，在一片荒野的草原上。

車輛停下後，那四個戴著面具的男人便下車。其中一個男人把嬰兒放在一張被蟲蛀得腐朽的木桌上，那個嬰兒實在小得可憐，小得連爬行也不會，只能躺在木桌上大哭。攝影師則跟著另外一個男人，抱起那個母親進入其中一個帳篷，而最後一個男人則不知所蹤。

縱使是日間，但帳篷內仍然非常陰暗，隱約可以看到一個大約只有十多歲的女孩被綁在一條木柱上，全身赤裸，陰戶有傷痕，眼神渙散。那兩個男人用麻繩把母親綁好後，就好像小孩看到跌在地上的玩具會忍不住玩一下般，其中一個男人竟然即時強姦木柱上那個女孩！木柱上的女孩沒有尖叫、沒有掙扎，只發出微微的呻吟聲，好像只不過是一件早已失去靈魂的性玩具。

強暴過後，兩個男人便步出帳篷。這時候，一個男人已經準備好燒烤爐和廚具，好像準備好要煮甚麼似的。同一時間，早前失去蹤影的男人也回來⋯⋯**帶著一部碎木機回來。**

那台碎木機有一頭小牛般大，底下有輪胎，可四處移動。有

一個喇叭狀的入口讓你放入木材，經過千萬刀片的攪碎，然後由機器的另一端噴出碎木。看到機器運來，其餘三個男人都好像看到新玩具般開心。他們馬上一起走近那台碎木機……連同木桌上那個男嬰。

縱使男嬰還小，但好像感覺到氣氛有甚麼不對路，開始嚎啕大哭起來。但那些男人沒有理會，不斷用那雙骯髒的手掌摑男嬰，男嬰的頭像氣球般左轉右轉，直到他靜下來。之後，那些男人著手脫去男嬰的衣服。另一方面，左方的男人則開啟碎木機，碎木機馬上發出轟隆隆的刀片轉動聲。最後，四個大漢中最魁梧那一個舉高男嬰，把他像手球般用力擲向碎木機裡…

你不會想像到一個男嬰的慘叫聲可以有多悽厲。

碎木機的刀片瞬間把男嬰攪成碎片，還不時發出喀咔的骨裂聲，血肉立即由碎木機的另一端噴出。其中一個男人不敢怠慢，馬上拿出盆子收集新鮮的血肉。收集完後，你仍然可由碎肉中隱約看見男嬰的形狀。

影片接下來的數十分鐘，展示了那班男人如何把碎肉放在燒烤爐上，再煎成漢堡般的肉餅，再加上醬油，弄成漢堡飽。影片最後一幕是兩個男人吃著煮好的漢堡飽大特寫，一副津津有味的樣子，而這個漢堡飽的名字叫做……Baby Burger。

其實看到以上的描述時，大家可能會有想吐的衝動，甚至連筆者自己也有。但筆者最後希望大家想一個問題：「根據 2013

年美國防止兒童誘拐組織 AMBER Alert 所做的統計，美國每天有 2300 人列入失蹤名單，而 12 歲以下的孩子更是每四十秒便有一個失蹤。換句話說，即是你剛剛看完這篇文章時，已經有數個小孩失蹤了。除此之外，全球每年有九十萬人失蹤，而且數字有上升的走勢。那麼筆者想問大家的問題是，究竟你覺得「Énclium」和「The Baby Burger」影片發生的事是少數？還是每天每秒都在發生？

最後順帶一提，人們推斷「Énclium」的女受害人和「The Baby Burger」中的母親，其實是同一人來的。

⟨/p⟩　　筆者注：大家今天吃了漢堡包嗎？

⟨/body⟩
⟨/html⟩

Dafu Love
達夫的愛

```
<!DOCTYPE html>
<html>
<body>
```

`<p>`　　關於 Deep Web 的故事，有數個筆者遲遲也未能下筆，這章和大家介紹的 Dafu Love 更加是最讓筆者猶豫的一個。難下筆原因並不是太難敍述，而是內容太血腥，太殘暴，沒有任何懸疑的成分，只有單純的血和暴力。

　　或許讓筆者先簡介一下 Dafu Love 的來歷。Dafu Love 比 Daisy Destruction 的歷史來得更久遠，估計在 Deep Web 早期已經流存，但兩者都是由一間專門拍攝殘殺兒童的電影公司——NLF（No Limit Fun）製作。

　　Dafu Love 影片長達一小時，完全沒有剪接位或遮蓋處，所有殺人的情節都是活生生呈現，絕無做假。影片的拍攝地點被網民認出是位於美國加洲洛杉磯的一棟闹鬼廢屋，那棟廢屋曾經發生過撒旦教活人祭事件，但碰巧被警方捉到，但之後不時都接到報告説有不少神秘人士在那裡舉行聚會。

　　順帶一提，洛杉磯也是撒旦教比較活躍的美國城市之一，不少撒旦教團體可以在那裡公開招募成員或進行佈道。有網民説拍攝 Dafu Love 的公司 NLF 其實是來自一個叫「山羊派」的撒旦教支派，以四處收集棄嬰來進行活人祭而聞名，他們會主動連絡孤兒院或未婚懷孕的少女以收集嬰兒，再用來賣給戀童癖人士滿足淫慾或血祭給撒旦。但也有人説過 NLF 純粹是一群變態人士

聚集，本身沒有任何宗教性質。

以下是 Dafu Love 影片的詳細內容，由於內容涉及殺害和凌辱嬰兒的情節，想對人性保留些少希望的讀者請直到跳到下一章。

影片開始時，首先出現的場景是一棟殘破的木屋內，空蕩的木屋內只有一盞吊燈照亮著，顯得額外陰森。兩個男人坐在鏡頭中央的一張餐桌上喝啤酒，吹水閒聊。大約數分鐘後，攝影師毅然起身，出外小便。由畫面得知，拍攝時間在黃昏時分，而那棟木屋位於一個偏僻的山林內，被粗厚的松樹包圍。順帶一提，那名攝影師惡趣味地為自己小便的情況拍下特寫，聚焦在那條醜陋的陰莖上。

當攝影師回到木房時，兩個戴上面具的女人也剛好趕至。由身材推測，那兩個女人年約三十，兩個均留著黑長髮，一個戴著白色面具，另一個則戴著紅色面具，就好像日本的猛鬼般。兩個女人都背上一個很大的麻布袋，裡頭裝了一大堆未知的活物，不時可以看到布袋內的生物掙扎和扭動。

那兩個女人把布袋重重砸在地上，其中一個人上前把它打開，一堆赤裸裸的嬰兒立即掙扎而出。那些嬰兒年紀很少，可能只有四五個月大，漲紅的臉孔和急促的呼吸說明他們在布袋裡是多麼的痛苦。此時，攝影師被吩咐到房子後方拿取「工具箱」來。

工具箱很大很沉重，裡頭載著各種工具，有鎚子有鋸刀，而

且全都沾染乾掉的血跡，呈棕紅的鐵鏽色。當攝影師再次回到房間時，那些女人已經用繩索將數以十計的嬰兒綁起來，散亂地放在地上。那些嬰兒在地上扭動身體，情景表面看來可愛，但實則暗藏殺機。

其中一個男人在工具箱拿出一把鎚子為影片打響頭炮。他首先指著地下一個嬰兒，之後其中一個女人便把他抱起來，並用手固定他頭的位置。那個男人把鎚子尖錘的部分輕輕放在其中一個嬰兒柔軟的頭頂上，就像試力般輕輕敲一下，之後他再猛然用力一揮，整支錘子啪一聲插入嬰兒的天靈蓋裡，嬰兒發出一聲低鳴的慘叫聲，血液和組織由嬰兒的耳朵和嘴巴應聲噴出。**明顯地，那個嬰兒已經死了。**

鏡頭畫面一黑，來到另外一個場景。鏡頭仍然是同一間房間，但這次畫面聚焦在另一個嬰兒上，那個嬰兒被倒吊在一條鐵棍上，由於繩子只綁住嬰兒其中一隻腳，倒吊的嬰兒在半空中左右搖曳，漲紅的臉孔不斷發出哭泣聲。此時，一個男人拿著轉動中的電鋸逼近嬰兒，之後突然用迅雷不及掩耳的速度在半空橫掃，鋸正倒吊嬰兒的腰際。嬰兒軟弱的身軀啪一聲斷成兩折，鮮紅的血液像花灑般由斷掉的身軀往下噴，男人立即發出哈哈的邪惡笑聲。待鮮血停止流出後，其中一個女人把嬰兒殘肢像普通垃圾般，放到一個大垃圾袋丟掉。

大家還記得地上還餘下嬰兒嗎？這時候，那兩個女人各自在地上拿起一個嬰兒，抓住他們的雙腳，猛然往牆上一揮。堅硬的

牆上立即發出兩聲轟轟巨響，兩個嬰兒立即發出尖銳的慘叫聲。那兩個女人好像早已失去女人應有的慈愛之心，對嬰兒們的尖叫聲不理不聞。緊接著她們繼續抓住嬰兒的腳踝，兩人像枕頭大戰般用嬰兒互相敲打，兩個嬰兒被抓半空中不斷左撞右跌，不斷發出尖叫聲，情景讓人心寒。不久，那兩個嬰兒的叫聲也愈來愈微弱，最終沉默不言，在重傷中死去。

去到最後一個嬰兒，那些人聚集起來，用小刀和剪刀活生生解剖一個嬰兒起來。老實說，接下來的情節真的不太想細述。首先，他們用剪刀剪起嬰兒的肚子，再用手抓出他幼長的腸子和其他血淋淋的內臟，嬰兒的慘叫聲在大屋中不斷迴響。他們根本不在乎是否殺死嬰兒，而是想給予他最大的痛苦。最後，其中一個男人用刀子插進嬰兒的眼窩，再鑽進他的腦袋，了結他可悲的短暫人生，影片到這裡也結束了。

縱使在表網絡上，關於 Dafu Love 的資料遠比 Daisy Destruction 少，而且很多都是虛假的陳述，主要原因是 Dafu Love 從來未浮上表網絡，一直埋藏在 Deep Web 的深處，但這並不代表它不存在！

另外有樣事情值得一提，在 Deep Web 撒旦教活人祭的影片並不只有 Dafu Love，在 Deep Web 還有數以十計的撒旦教組織隱藏著，而他們的勢力和犯下的勾當比我們想像中的可怕和強

```
</p>
大……
</body>
</html>
```

Vorarephilia

Deep Web 的食人網站

好吧，在本章開始之前，我們不妨先來一條哲學問題：「自願被吃的豬」。

問題的內容如下：假設在不久的未來，科學家為了解決食肉的道德問題，用基因工程發明了一頭會說話的豬。這頭豬不單止會說話，而且不會感到任何痛楚，更加令人震驚的是，牠有一種很強烈而且古怪的使命感：就是牠一定要被人類吃用。對啊！被人類吃用是牠生命中最高的榮譽，牠被你屠宰前還會展露出最真心、最開心的笑容。如果你覺得太殘忍而選擇不屠宰牠們，牠們可是會覺得很空虛和很絕望呢！在這種狀態下，科學家是不是解決了吃肉的道德問題呢？

答案就讓你們自行思考啦！但這條哲學問題其實有很多角度可以考慮，除了顯而易見的動物權益問題外，還有政治哲學的角度（例如：你叫不醒裝睡的人），但既然本書是以驚慄恐怖為主題，我們當然會用一個比較「另類」的角度去思考：假如那不是「自願被吃的豬」，而是「自願被吃的人」呢？

人吃人、吃人癖、被吃癖，在心理學上的正名又叫「食用性興奮 Vorarephilia」，指一些會對吃人或被吃的幻想產生性興奮的人士。無論在文化或道德上，「食用性興奮」是眾多「性慾倒

錯（Paraphilia）」中（其他的例子還有戀屍癖、戀物癖、嗜獸癖等等），最禁忌、最變態的一種。

在歷史上，也有不少關於吃人魔的血腥案件。例如在 1981 年有「食人教父」之稱日籍吃人魔佐川一政。當時一政在巴黎大學留學，用獵槍殺他心儀的荷蘭女同學後，把她的屍體肢解再煮熟來食。

又或是 1963 年的「布魯克林吸血鬼」阿爾伯特菲什。阿爾伯特菲什曾經性侵犯三百多名兒童其殺害了其中十五名，阿爾伯特菲什更會把他殺害的受害者肢解和吃掉。

這種如此可怕的性癖好當然會在 Deep Web 大放異彩。在 Deep Web 就有不少的網站是以「吃人和被吃」作為主題，在那些網站不少患上「吃人癖」和「被吃癖」的人分享自己對於吃人或被吃的幻想、經歷、照片等等。

當中最讓筆者驚訝的是連「動物吃人」、「動物吃動物」等，原來也佔那些人心目中很重要的位置，裡頭有很多熊吃人、鯨魚吃人、狗吃人的照片。除此之外，還有一些「動物吃人」的漫畫，

筆者曾經看過一套漫畫是講述一條殺人鯨吃人，漫畫把所有咬嚙的動作，在胃裡消化的過程都畫得栩栩如生。筆者很驚訝為甚麼有人可以對這些事物產生性慾呢？！

　　你們覺得以上的網址變態嗎？但其實 Deep Web 裡頭還有更可怕的食人網址呢。以下就有關於吃人的 Deep Web 故事和大家分享！

The Cannibal Café Forum
食人族咖啡館

```
<!DOCTYPE html>
<html>
<body>
```

<p>

在 Deep Web 的某個角落，就聚集了一班「食人癖」和「被吃癖」的性小眾。他們成立了一個秘密網站，在那裡實現他們各種瘋狂的人肉幻想，販賣各種鮮嫩的人肉和尋找心儀的「食主」，而這個讓所有世俗人士都嚇得目瞪口呆的網站叫做——「The Cannibal Café Forum 食人族咖啡館」

The Cannibal Café

This web site contains mature content designed for and by adults. There are discussions and images which may appeal to your most depraved base instincts & should not be viewed by those who are not considered adults in their particular geopolitical reality. If you are under the age of maturity, dislike or do not enjoy images or topics having to do with sex or are incapable of separating artistic fantasy from reality, Please leave this site.

Warning – Adult (possibly offensive) Content

The Cannibal Café is dedicated to covering a full range of graphic sexual fantasy. If you are not of legal age to view such material or find such material at all offensive you should exit this site immediately.

By clicking on the Enter link below, you are agreeing to the following:

1. You are an adult at least 18 or 21 years of age (according to your own state laws) and have read and understand this Adult Content Agreement.

2. You understand that the discussions and postings in an Adult Content site may involve language, content, images and themes of an adult or controversial nature.

3. You understand that you are wholly liable and responsible for any disclosures and further responsible for any legal ramifications that may arise from viewing, reading, or downloading of materials and/or images contained within this web site and that the creator, web master, and affiliates can not be held responsible for any legal ramifications that may arise as a result of fraudulent entry into, or use of this web site and/or the materials/images/information contained therein.

EXIT   ENTER

食人影帶

在 2001 年 1 月，一名患上「食人癖」的德國 IT 技術人員，Armin Meiwes，用網名 Franky 在「The Cannibal Café Forum」裡刊登了一則徵友廣告，徵友廣告的內容大致如下：「尋找一名身材好，年齡大約在 18 至 30 歲之間的人士，先玩虐殺後食肉（Looking for a well-built 18 to 30-year-old to

be slaughtered and then consumed）。」

但由於論壇人流不多而且瞎掰者也不少，雖然 Meiwes 發了數個類似的帖子，但苦等了數天也毫無回響。直到 2 月，Meiwes 終於遇到了他「命中注定的另一半」。他收到一封匿名電郵，而電郵的標題也明確地說明來信者的用意：「不玩虐殺，但隨便食肉。」

這封電郵寄件者的真名叫 Bernd Brandes。Brandes 也是一名德國人，而且住在離 Meiwes 不遠的地方。除此之外，他更加是一名不折不扣的被吃狂，腦海充斥住各種被人切割和食用的幻想。他和 Meiwes 的相遇就好像羅密歐遇上茱麗葉般，兩人一拍即合，每天都在電郵裡和對方分享自己一直壓抑在腦海最深處，那些最瘋狂的人肉幻想曲，想像自己如何一片一片地被人吃掉。

同時，我們在 Meiwes 的電郵裡，也可以看得出 Meiwes 對人肉那種強烈的慾望和執著，「我希望你所講的一切都是認真，因為我真的很想吃人肉（I hope you're really serious about it，because I really want it）。」

最後在 2 月 5 日，Meiwes 正式向 Brandes 提出邀請，邀請他自己的家中，一起實行他們的「人肉盛宴計劃」。而 Brandes，理所當然地，一口答應了 Meiwes 的「死亡邀請」。在 2001 年 3 月 9 日，Brandes 駕車橫跨了數個州份，來到 Meiwes 位於德國東部郊區的偏僻別墅。而與此同時，Meiwes 也佈置好飯廳，準備好各種調味料和屠宰工具，迎接 Brandes 的

來臨。

Brandes 用攝影機把整段食人過程拍了下來，片長大約三小時，現在仍然保存在德國法院的儲物室，人們只能在 Deep Web 找到一些泄漏出來的截圖和部分片段。但根據法院的文字記錄和 Meiwes 的口供，我們仍然可以得知影片的詳細內容。

Meiwes 和 Brandes 的世紀晚餐在當晚六時半正式開始。性急的 Brandes 率先提出把自己的陰莖切下來，再供兩人一起食。Meiwes 非常樂意接受 Brandes 的提議，並帶 Brandes 到改裝成巨大人肉冷凍室的地牢，烹煮他們「第一道菜」。Meiwes 首先給 Brandes 餵食大量止痛藥，好減輕切割帶來的痛楚。隨後 Brandes 要求 Meiwes 用口把他的陰莖活生生撕下來，兩人再一起生吃它。但由於 Brandes 陰莖的海綿體實在太過堅韌，Meiwes 出盡牙力，咬著 Brandes 陰莖不斷左撕右咬，但它仍然屹立不倒，吊在 Brandes 的睪丸上。最後 Meiwes 把心一橫，由架子拿下鋸子，把它一刀鋸了下來。

Meiwes 把 Brandes 血淋淋的陰莖放在一個精緻的西餐碟上，兩人拿起刀叉，坐在餐桌上準備一起食用。但如果你們吃過四成熟的牛排都會知道，生肉其實是非常黏稠而且難以入口，更何況是充滿彈性組織的陰莖？而且臉色蒼白的 Brandes 早已因為失血過多，虛弱得連咀嚼自己陰莖的氣力都沒有了。

Meiwes 有見及此，唯有再由 Brandes 身上切下一些肥肉，渣取一些油脂當作食油，和 Brandes 的陰莖一起放到鍋爐裡炒，

希望可以變得容易入口。但可能 Meiwes 落得太多油脂了，一不小心便把陰莖燒焦了，最後只可以用來餵狗。

「生吃陰莖計劃」失敗之後，Meiwes 把變得礙事的 Brandes 丟在浴缸內，讓他慢慢失血至死。過程中 Meiwes 一直在客廳看《星空奇遇記》，完全沒有理會 Brandes 由浴室傳來的呼喊聲。大約三個小時後，Meiwes 終於決定結束 Brandes 的生命。他逼 Brandes 灌下大量伏特加、安眠藥及止痛劑。確定 Brandes 不醒人事後，再一刀戳入 Brandes 頸部的大動脈，了結他畸形的生命。源源不絕的鮮血立即由 Brandes 的傷口噴出，在空中形成一道鮮紅色的拋物線，仿佛是某個病態藝術家的作品。

可能對於 Brandes 來說，人生最大的遺憾並不是死在郊區一個髒亂的浴缸內，而是不能親眼看見 Meiwes 如何在自己死後，一口一口吃掉了自己身上的肉。

在確定 Brandes 死後，Meiwes 用水清洗 Brandes 血肉模糊的屍體，再把他搬到地牢的屠宰房內，用鐵勾把它倒吊在天花板上，情況就好像街市那些死掉的豬般。Meiwes 首先要面對的問題是：究竟要如何切割 Brandes 的屍肉呢？要知道這其實是個很緊急的問題。因為如果屍體放置得太久，肉質會變酸，甚至發出臭味。

但聰明的 Meiwes 很快就想到了解決辦法，他首先用鋸子把 Brandes 的頭割下來，再用菜刀剖開 Brandes 的肚子，挖走裡頭的內臟。最後以脊椎作為中軸，由睪丸開始，用大刀把 Brandes

的屍體一分為二。過程中，Meiwes 還不時生吃由 Brandes 割下來的肌肉，滿嘴鮮血津津有味地咀嚼著，仿佛是甚麼美味佳餚。

Meiwes 把所有割下來的肌肉和內臟都放在地牢的冷藏室內。接下來十個月，Meiwes 早晚三餐只進食由 Brandes 割下來的肉。直到同年的 12 月，一名在 The Cannibal Café Forum 的「偽食人族」發現 Meiwes 真的殺了一個人來食後，立即向警方求助。確定消息準確後，警方立即趕到 Meiwes 的別墅。但那時候，Meiwes 已經吃了 44 磅人肉和準備找下一個受害人了⋯

食人族的天堂

當年這宗案件在德國（甚至全世界）轟動一時，除了因為情節變態外，還攜出了一個頗有趣的法律問題：**在死者完全同意下，究竟 Meiwes 算不算犯下了殺人罪？**雖然最終法院還是判處 Meiwes 終身監禁，而且法律問題也不是我們這篇文章的著眼點，我們還是專注在警方在調查過程中發現的食人族網站—— The Cannibal Café Forum。

究竟 The Cannibal Café Forum 是個怎樣的網站？或許那個網站的首頁已經開宗明義地告訴我們：「加州女性飼養協會是一個專門販賣女性人肉和性奴的組織。所有女性在入會時均受到 C&MHFSA 檢查，確保身體健康而且沒有疾病。除此之外，她們還會受到『特別的訓練』，確保能擔當一個稱職的性奴和畜牲。」

當然，他們不忘在後面補充一句：「本網頁所有內容純粹幻想。」

但事實上，The Cannibal Café Forum 裡頭的內容和它首頁戰慄的介紹差距不遠。據悉，The Cannibal Café Forum 創立於 1994 年，所以網頁設計比較落後。網站的背景以紅磚作為主題，另外大部分文字都是血紅色。網站裡比較有看頭的地方有兩大部分，「Available Livestock（現有牲口存貨）」和「Cannibal Café Message Board（食人族咖啡館留言板）」

「現有牲口存貨」，顧名思義，就是他們這個「加州女性飼養協會」現在有甚麼「牲口」可以供你購買，無論你想買她來食用還是狎玩。網站對所有「牲口」都有非常詳細的描述，例如她受過甚麼性愛訓練、肉質如何、建議食法、是否處女等等，以下就有三則「牲口」的描述，大家不妨看一看他們的理念是如何變態。

當牛蒂娜來到「加州女性飼養協會」時，她已經是一隻身經百戰的乳牛而且很希望成為一個「肉壺」。經過我們短時間的訓練後，她已經可以玩任何類型的花招了。但可惜我們的工作團體在某次訓練期間，實在壓抑不住內心的衝動，害得牛蒂娜要切腹自殺。所以現在我們只有牛蒂娜的冷藏肉和她臨死前的「小電影」提供，如有興趣，可以前往我們「線上訂購」的頁面。

希禮是一名 21 歲的女孩，由她的前男友 Dr. Gong「捐贈」給我們協會的。在捐贈時，Dr. Gong 特別要求希禮只能作「生產食物用途」，他說：「希禮是一名處女，但受過良好的口交訓

練，而且驗證過她沒有患上任何性病。我建議她可以用作『母牛』，以產生更多的『小牛』以供食用，她絕對有能力為你們提供大量鮮肉！」處女！一名天殺的處女啊！你們不如電郵給我們，好讓我們加州女性飼養協會知道應該如何處理這個他媽的處女！

牛塔莉是一名來自荷蘭的雙性戀女孩。她接受過多種性交訓練，當中包括口交、肛交、極端性虐待、玩弄糞便等。根據牛塔莉的說詞，她最希望的死法是被吊死或逐步肢解。我們加州女性飼養協會建議牛塔莉在 30 歲前都可以當作性奴使用，直到她年滿 30 歲，才把她活烤。如有興趣購買或租用，可以前往我們「線上訂購」的頁面，頁面所展示的金額已經包運輸費用了！

類似的「牲口」在 The Cannibal Café Forum 還有四五隻可供選擇，而且每隻也有自己的特色和艷照，例如還個女孩是被家人賣掉用來還債，有一些就是自願給人吃的。他們甚至宣傳歡迎任何人士把他們不要的老婆、姐妹、女友賣給他們，並保證價錢合理呢！

雖然沒有人能確定以上的「牲口」是否真的存在，還是只是那些「食人狂魔」的幻想。但大家不妨試想一下，每年平均有數以萬計的成年女性人間蒸發，其中十多個變了這個網站的「牲口」，不是甚麼高難度的事吧？

如果你們真的覺得那些「牲口」是捏造的話，我們不如去 The Cannibal Café Forum 的「食人咖啡館留言板」看一看？

講到底，Meiwes 和 Brands 就是在那裡認識的，所以我們可以推斷那裡真的隱藏了不少食人魔呢。在「食人咖啡館留言板」，我們可以看到不少「食人徵友」帖子，例如「誰人想進入我的肚子？」、「徵求一名 20 歲的金髮女孩，以供食用。」等等。究竟這些「食人癖」和「被吃癖」的徵友過程是怎麼樣？筆者節錄了兩篇帖子給你們看看。

標題：我想被寫在餐單上！　時間：02/06/2001

Katy：我已經準備好成為食物了！成為一個出色的 Dolcett 女孩（指一些喜歡被吃用的女孩）！我人生最大的夢想就是被烤熟和烘烤！乖乖的 Katy 上

Don：你的身高和體重是多少？另外你的乳房和臀部有多大？這些資料都是非常重要！因為我要準備夠大的烤爐和夠長鐵棍來吊起你來燒。還有，麻煩你提供你正面和背面裸照，麻煩你了！我一定會把你烹煮得非常美味 :)

Cannibal99：我很榮幸有機會可以用烤肉叉刺穿你身上的嫩肉。如果你是認真的，那就儘快電郵給我啦！除此之外，如果你可以附上一封事先同意書和你希望如何被烹製的詳細計劃，那麼我將不勝感激。期待著收到您的回覆！

標題：想找一個年輕男孩　時間：19/11/2001

Franky：想找一個 18－25 歲的男孩，身材中等，我會殺掉你之後再吃掉你的肉。

Carl：21 歲，可愛形，身材 38－28－32…雞巴 8 英吋（無包皮）……有個性感彈手的屁股……喜歡被人吃的感覺…快點準備你那支熱烘烘的巨棒來烤熟我啦！

Brit：健壯，38 歲，前足球員！

Steve：你好，Franky，我是 18 歲的英國人。我的身軀已經為你準備好，電郵給我來約時間啦！

Scotty Smelon：我有一個 8 歲的兒子。我和他的母親都願意把自己的兒子賣給你們來享用。還有沒有人想吃一個 8 歲小男孩的嫩肉？快點電郵給我啦！

其實大部分留言都寫有電郵地址，但為了保障別人的私隱（更加重要是筆者身上嫩肉的安全），所以沒有寫出來。更加恐怖的是，大家還記得 Franky 的真身就是食人魔 Meiwes 嗎？而上面帖子的發佈時間為 2001 年 11 月 19 日，即是表示那時間 Meiwes 已經吃掉了 Brandes 40 多磅的肉，而且正在尋找下一個獵物……

食人狂的首領

看過以上病態不堪的介紹後，你們可能也會想上這個 The Cannibal Café Forum 一看究竟。可惜的是，The Cannibal Café Forum 在 Meiwes 被捕時，已經被警方強行關閉了，所以你們不能在那裡訂購「鮮肉」了。但值得慶幸的是，有人在 The Cannibal Café Forum 被關掉前備份了整個網站，所以其實你們現在在 Google 找到 The Cannibal Café Forum ！

但究竟這個如此可怕的網站主人是誰？曾經有一名美國記者有幸找到網站主人並和他進行訪問。這個食人族網站的主人真名叫 Perro Loco，是一名年約 40 歲的美國人，居住在美國中西部。Perro 的舉止談吐和正常人無分別，甚至稱得上溫文爾雅。他聲稱自己之前是個救護員，但現在已經半退休並開了一間釣具店。

Perro 表示自己是一名「被吃癖」人士，但直到現在，他也沒有找到一個真心想吃掉他的人，還抱怨道「網上瞎編的人太多了」。他說當初開辦 The Cannibal Café Forum 純粹為了聚集一班志同道合的人士，並沒有想過真的會弄出人命。對於德國食人魔 Meiwes 事件的看法，Perro 說「正常，不覺得驚訝」，甚至讚賞 Meiwes 是一個「有社會責任感的好男人」。但當記者問 The Cannibal Café Forum 裡頭那些血腥的照片和販賣女孩的帖子是否真有其事時，Perro 則閉口不言。

在 The Cannibal Café Forum 關閉後，Perro 開了另外一個類似的網站 Dolcett Girls Forum，都是以「人吃人」為主題。

但他表示經營 Dolcett Girls Forum 比 The Cannibal Café 更加困難，因為有部分成員拍攝了一些「涉及兒童」的影片並販賣，被另外一個藏匿在 Deep Web，同樣以販賣變態影片為主的集團 NLF（大家還記得它們就是拍攝「Daisy Destruction」及「Defu Love」的組織嗎？）發現，並視之為競爭對手，惹來不少網絡攻擊。但 Perro 表示會繼續堅持自己的理想，努力經營 Dolcett Girls Forum，希望可以把他們「食用性興奮者」的理念推廣出去。

最後順帶一提，Perro Loco 在接受訪問不久，便因犯下謀殺罪而被警方拘捕。

/p>

/body>
/html>

Cruelty of Animal

Deep Web 的人獸之樂

究竟「動物」這一個題目可以在 Deep Web，一個充滿各種病態人士和犯罪天堂的地方，佔一個怎樣的地位？

筆者相信大家看過 Deep Web 的性變態那一章後，第一個浮現的念頭會是「人獸交」吧？但事實恰好相反，縱使聽起來很變態，但「人獸交」在眾多「性異常」中（比起戀童癖）算是比較可以接受的一個，所以在 Deep Web 關於「人獸交」的網站不是很多。

畢竟，有部分西方國家，例如美國大部分州份和丹麥，「人獸交」都是合法的。由於很多關於「人獸交」的影片和活動已經充斥在表網絡和現實世界，所以那些「人獸癖」的人不用刻意躲進去 Deep Web。

那麼「人獸交」之後，下一個有機會在 Deep Web 出現有關動物的變態網站會是甚麼？答案是「虐畜」。有犯罪心理學報告指出，近半連環殺人犯曾有虐畜前科，顯示殘殺動物是人格變態的雛形階段。所以在 Deep Web 一個充斥殺人犯的地方，自然有不少虐待動物的網站出現。

以下的截圖就是取自 Deep Web 一個以虐畜為題的網站「Cruel Onion Wiki 殘酷維基」。

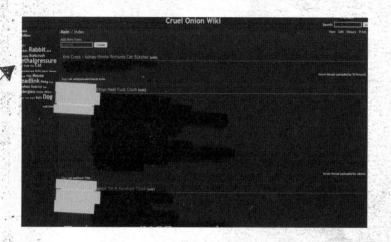

大家可以看到那些變態人士在上面的論壇，毫無人性地分享自己虐殺小動物時拍下的影片，例如有一段影片就是拍攝者赤腳踩死箱中一堆小白兔成肉餅的嘔心影片，當中也少不了「用斧頭殺掉小狗」和「用高跟鞋活生生踩死小貓」等影片出現。從圖片的左側，我們還可以看到論壇的熱門搜尋字，例如小狗、刀、小鴨、火燒等等。縱使上面的描述已經可以令你們感到心寒，但筆者可以和大家說，上面講述的「Cruel Onion Wiki」只不過是冰山一角…

　　除了「虐畜」外，「動物黑市賣買」在 Deep Web 也是非常流行。有不少不法之徒把一些珍貴的瀕臨絕種動物作非法買賣，例如灰狐和白犀牛，透過 Deep Web 進行黑市交易。雖然運送方法依然是個謎，但由網頁下方數以百計的條目和回應，便知道所言不虛。例如下圖便展示了一隻年幼的非州黑豹在 Deep Web 的價格等資訊。

.JAGUAR NEGRO.
.79000. + ENVIO.
.PRECIO FINAL.
.DOCUMENTACIÓN SEMARNAT.
.SOLO 2 EJEMPLARES.

　　但動物在 Deep Web 真的只有如此「膚淺」的罪行？當然不是，還有一些更可怕和更血腥的事情隱藏在後頭⋯⋯

Vega Ring
維加的戒指

```
<!DOCTYPE html>
<html>
<body>
```

`<p>`　　宏觀歷史，無可否認人類天性上有股濃烈的暴力傾向，喜歡大伙兒看著自己的同類被殘殺。在古羅馬時期，我們會推那些基督徒落鬥獸場，讓他們和餓獅搏鬥。在中世紀時，每當異教徒被法庭用火刑處死，人們會在外面舉辦嘉年華會慶祝。即使到現在，人類雖然已經比過去二千多年的祖先文明和開放，但我們仍然有不少「替代品」，例如自由搏擊、散打王等等充滿暴力的節目。例如美國就有種叫「終極格鬥錦標賽 UFC」的綜合格鬥賽事，就是要直到一方認輸或失去意識，比賽才會結束的生死遊戲。

　　所以大家可想而知，Deep Web，這個充滿人性醜惡的地方，怎會沒有這些血腥暴力的玩意呢？

　　其實最初筆者只有「V Ring」這個關鍵詞和知道它和一些非法比賽有關。但經過一番努力搜查後，終於有點眉目。V Ring 的全名是「Vega Ring 維加的戒指」，即使在 Deep Web 它也算是一個頗秘密的網站，但是它的勢力卻是非常之大。據悉，巴西、非洲、東南亞、甚至是中國西部也有「Vega Ring」的員工和「場地」。但這個如此龐大的組織網站是販賣甚麼東西呢？其實它賣的東西非常簡單，只不是一些賭博遊戲來的⋯⋯一些用人命來做賭注的遊戲罷了。

　　「Vega Ring」的別名又叫 Colosseum（羅馬鬥獸場），它

提供各種超乎你想像的格鬥比賽讓你欣賞：拳手對拳手、拳手對野獸、拳手對老人、老人對老人、老人對小孩、小孩對小孩、小孩對殘廢…只要可以滿足你內心最變態、最邪惡的慾望，Vega Ring 就會開辦，而且還要是 Live Show，絕對不會剪接。另外，Vega Ring 所有比賽還有一個共同點，那就是：<u>沒有規則、沒有裁判、只有勝利者才可以生存，敗者一定要死無全屍</u>。

據傳聞說，Vega Ring 原本只是一個人口販賣和走私集團。但有一天，它的管理層突然萌生一個可怕的念頭？為甚麼我只做單純的人口買賣，不好好利用那些奴隸來大賺一筆？不久，他們便想到搞一個「現代羅馬鬥獸場」的網站，舉辦各種最血腥和最殘忍的格鬥比賽。

而事實都證明他們因而大賺一筆。

他們利用原本在落後地方的勢力，在一些偏僻的村落綁架人口，或應徵一些身無分文的自願者。之後，他們會把收集回來的「參加者」運送到最近的「鬥獸場」。有部分「參加者」有機會

接受少許格鬥培訓，但也有很多是被直接扔到「鬥獸場」內，和未知的對手進行生死格鬥。比賽的場地沒有限制，可以是草原、湖邊、城市、甚至是水中。除此之外，大會還會在部分賽事提供各種冷兵器，例如刀、劍、十字弩等等，讓賽事更有看頭。

由於 Vega Ring 專門做有錢人生意，所以入場門票非常高，更不用說投注的金額啦。但正因為如此，它不用在 Deep Web 做太多宣傳，只依靠有錢人之間的介紹就夠，所以有關它的資料真的不多。

當筆者收集到上面的資料時，仍然覺得不太滿足，但得知 Vega Ring 的買賣全都是用 Bitcoin，而筆者銀行戶口的錢連半個 Bitcoin 也買不起時，除非筆者自願賣身當「參加者」，否則很難知道更多 Vega Ring 的資料。最後在苦無頭緒的情況下，唯有問問其中一個西班牙網友。

那個西班牙網友在之前也做過類似的資料搜索。他說當時有個美國網友向他分享了自己一次上「Vega Ring」的親身經歷，經過整理後，筆者在這裡和大家分享一下。

其實我平時也有在 Deep Web 搜尋一些你們稱為「變態血腥」的影片，所以久而久之，我也熟悉很多以「獵奇」為主題的網站。但反而「Vega Ring」卻是一個現實世界的朋友給我，我之前在 Deep Web 也沒有怎樣聽過。後來才發現，因為它的入場門檻非常高，如果你沒有足夠的身家，根本沒有可能在那裡「玩」。

「Vega Ring」的比賽主要都是以動物對人類為主。那些動物都受過特別訓練，非常凶狠，而且種類非常豐富。由大型野生動物，如淙熊和灰狼，到一些你平日看似可愛的寵物狗也有。而那些人…你由他們在鏡頭面前的樣子，都知道他們是被迫或者身不由己。他們的樣子是多麼的恐懼和無助，四肢僵硬地站在鬥獸場中央，任由野獸把他們撕成碎片。而且你由他們瘦削的身形，也會知道他們來自一些落後國家。當然，偶爾也有一些過氣的拳手會來到 Vega Ring 賺錢，但人數不多。我不敢評論 Vega Ring 的做法，因為我自己也有份觀看，雖然賺得不多。

我還記得很清楚當我第一次進入 Vega Ring 的網站時，是那麼令我震驚和不安。它的規模是多麼的大，網站是多麼的完備，但它販賣的東西卻是如此可怕。Vega Ring 的網站設計仿如 YouTube，有很多不同的頻道，絕對令你花多眼亂。當中主要可以分為「Fights to Beats 生死格鬥」和「Fights against Animals 人獸大戰」。

「Fights to Beats」又分為「Voluntary vs. Voluntary 志願者 vs. 志願者」（其實都包括那些被綁架的人）和「Voluntary vs. Expert 志願者 vs. 專業拳手」。「Fights against Animal」則分為陸地（狗、老虎、公牛、熊）和水中（鯊魚、魔鬼魚）。

那時的我已經深深被整個網站吸引住，急不及待想來賭一場。我馬上查看 Vega Ring 的時間表，發現它幾乎每天都至少有一場比賽，週末更加可以有四、五場。我看見最近的賽事在四小時後開始，那是一場「志願者 vs. 志願者」的比賽，標題叫

「Syed vs. Kifah」，兩個看似是中東人的名字。

我立即按進去「More Detail 詳細內容」看看，那裡有詳細的比賽資料：「比賽形式：死鬥（可有武器）；場地：戶外；參加者資料：Syed、男、14歲、出賽場數：2。Kifah、男、12歲、出賽場數：5。」天啊！那兩個男孩只有14歲，豈不是和我的女兒一樣大？坐在電腦面前的我驚訝得説不出話來。除了以上的資料，那個表格還包括兩個男孩的照片、血統、出生地、戰績、投注金額和賠率等，簡直好像他們不是人類，只不過是賽馬場內兩匹馬罷了。

因為 Vega Ring 的比賽一定要給錢才可以看，所以我用最低金額買了 Kifah 勝出（畢竟他出場次數比較多），來觀看這些生死格鬥的真實情況。

當天晚上，我準時返回 Vega Ring 的網站，發現 Live Show 已經差不多開始了。Live Show 的網頁很簡單，只顯示賽事的螢幕和觀看人數。我瞥見觀看人數有數千多人，雖然數目遠比其他網上賭場少，但足以讓我驚訝世界上究竟有幾多人會以小孩互相殘殺為樂？

鏡頭正顯示一個戶外的競技場，競技場大約有一個羽毛球場那麼大，四周被鐵絲網包圍。場外是一大片被沙塵覆蓋的荒野，明顯是中東的沙漠地區。欄杆外也有幾個持槍的工作人員和戴著面具的觀眾徘徊著，以防萬一。

不久，鏡頭外傳出敲打的響聲，象徵比賽正式開始。我看見
兩個矮小的男孩分別由左右兩旁的活門進入競技場。他們瘦削的
身形沒有任何防護用具，赤裸裸地露出滿身疤痕的胸脯。他們兩
手緊持住大會派發的武器，神情戒備。那個叫 Syed 的男孩拿著
斧頭，而另一個拿著鎚子的應該是 Kifah。他們的身軀雖然比同
齡的孩子精鋼，但眼神仍然稚嫩得很，恐慌和不安仍然清晰地呈
現在他們幼稚的臉孔上，不知道是不是大會故意那樣做。

他們沒有等待太久，很快就衝向大家，開始他們的生死格
鬥。Syed 先發制人，高舉斧頭，狠狠地朝 Kifah 的頭頂砍下去。
但幸好 Kifah 及時用鎚子擋住，才不至於被砍成兩件。兩人就這
樣僵持住，但 Syed 體形略比 Kifah 高大，所以力氣上佔有優勢，
Kifah 恐怕支撐不了太久。Kifah 危中生智，猛然向後一躍，讓
Syed 撲空跌地。Kifah 不敢怠慢，抓緊時間，舉起鎚子朝 Syed
的頭打下去，但 Syed 連忙翻身，避開 Kifah 致命一擊。

兩人再次站起來互相對峙，這次兩人失去理性，胡亂揮舞手
中的武器，就像變回小孩子打架般，卻是真實血腥版本。兩人雖
然未能給大家重擊，但那些重兵器左擦右過，讓兩人刮痕遍體，
鮮血四濺。最後，Kifah 展露他多場連勝應有的功力，來一個漂
亮的側身，避開 Syed 的攻擊，再用鎚子狠狠地砸落 Syed 的後腦。
Syed 的頭顱立即像西瓜般爆開，腦漿四濺。

Kifah 怔怔地看著倒臥在地上的 Syed，樣子不帶半點情感，
就好像那是理所當然的結果。十秒後，大會見 Syed 仍然不起身
後，便宣佈 Kifah 勝利。

我眼睜睜地望著 Syed 破碎的屍體倒臥在地上，血紅色的腦漿由頭顱徐徐流出的畫面，痛苦和恐懼的情緒竄遍全身，有種想吐出來的感覺，心想為甚麼那些人要迫那些無辜的孩子做出如此可怕的事？強迫他們互相殘殺？當網站提醒我贏得的款項已經傳到我的 Bitcoin 戶口時，內心的罪惡感令我更加感到悲痛欲絕。我立即關掉 Vega Ring 的網頁，內心久久不能平伏下來。

雖然我之後把贏得的錢捐贈到慈善機構，但我仍然久久不能釋懷。我知道聽起來很犯賤，但我現在仍然不時會上 Vega Ring 賭博一下，但絕對不會再看小孩互相殘殺，或者其他類似的比賽。最後，恕我不能給你那些比賽的照片，除了那個網站有保密聲明外，我不想間接令更加多人上這個網站，所以你們當聽都市傳說好了。

```
</p>

</body>
</html>
```

你勝出了，

因為我他媽的嚇到不敢上網了

Secret Garden

Deep Web 的秘密社團

根據維基百科的定義，秘密社團指一種組織，其成員隱藏其活動不對一般公眾公開，其成員可能不得透露其身分和拒絕其他組織分子的要求並要發誓保持該社的秘密。

秘密社團由古希臘時代已經開始流行，由於他們的行動通常過於神秘和隱密，所以一直也是外界的猜忌對像。直到現在，秘密社團也是現代陰謀論的中心，當中最出名的莫過於「光明會（Illuminati）」和「共濟會（Freemason）」。陰謀論者認為那些組織有強大的權力和財力，想在全世界實行一個「新世界秩序（New World Order，NWO）」，目標是建立一個由少數精英控制的專制世界政府。

雖然直到現在，仍然沒有人能 100% 確定這些神秘組織是否真的如此強大，但唯一可以推測，如果真的有秘密組織的存在，Deep Web 將會是他們的藏身之所。因為 Deep Web 除了本身 Tor 瀏覽器有高匿名度外，還有很多匿名電郵等通訊軟件，可以確保組織的通訊不會受到國家或外人監聽。

但有沒有秘密社團的網站設置在 Deep Web？雖然在 Deep Web 有一個看似是光明會的網站，但真實性值得商榷。畢竟，如果人家真的是世界最龐大的組織，還需要在 Deep Web 開個如此

公開的網站？

　　反而，在 DeepWeb 有不少相對規模較少的秘密社團，例如撒旦教，在那裡設置半公開的秘密網站，而且它們的心寒程度絕對不比光明會弱……

當 Deep Web 遇上
撒旦教恐怖經歷

```
<!DOCTYPE html>
<html>
<body>
<p>
```

　　曾經有宗教學者說過：嚴格來說，撒旦教也是基督教的一種。因為撒旦教一定要和傳統教會互相依賴，不可能單一發展。所以最早有關撒旦教的記載也是在教會最活躍的時期 —— 中世紀。

　　在中世紀時代，基督教曾經是一個極具影響力的組織，幾乎是全西歐國家的國教，每個城鎮每個村莊都有教會的存在。教會利用自身在政治上的影響力，誘使各國的君主修訂律法，讓律法變成自己刪除異己的工具，當中比較出名的是西班牙宗教法庭。

　　當時教會把危害自己權力和利益的人一一標籤成「異端」和「巫師、女巫」，並進行打壓（其實這個詞語用得很婉轉），說他們是魔鬼的使者，撒旦的門徒。事實上，那些所謂的「異端」中真的信奉撒旦的人數不多。其實大多數都是科學家、煉金術士、自然信仰者、少數派教徒、叛逆的文學人等等。

　　由於教會的迫害，迫使那些「異端」離開教會並轉入地下活動。他們慢慢聚集起來，躲藏在一些偏僻的村落或地牢，形成一些地下組織。他們創造出各種反基督的儀式，如黑彌撒，倒十字等，來發洩對教會的不滿。這些組織和儀式就是「撒旦教」的原形。

早期的「撒旦教」很鬆散，極其量只能說是一些「興趣小組」，小組之間沒有任何連繫，甚至撒旦崇拜在那些組織有多少地位也值得懷疑，極其量只是一種反基督教的象徵性行動，並不一定真心崇拜撒旦。但隨著後期的發展，有部分撒旦教分支真的崇拜撒旦和一些古神起來，並進行各種活人祭和黑魔法研修，成為真正的撒旦教。

但直到在上世紀 60 年代，一名行為奇特的男人 Antonio Szandor LaVey，連同一班無神論者、巫師、哲學家在美國創立了「Church of Satan 撒旦教會」，撒旦教才開始公開傳教和招募成員。但之後又因為種種問題，使到撒旦教分裂成不同的派系，有的很注重巫術，也有的純粹無神論俱樂部。

隨著之後美蘇冷戰，全球政局混亂，很多撒旦地下教會借機在世界各地迅速擴展勢力，並導致了不少恐怖血案的發生，在歐美社會引發「Satanic Panic 撒旦恐慌潮」。之後到了 20 世紀，電腦和網絡開始家居普及化，很多不同派系的撒旦教會也成立撒旦教網站，例如比較出名的「Club666」，繼續宣揚他們邪惡和激進的信息。當中還有一些更激進的教派在 Deep Web 成立網站，在那裡展露了一些可怕和血腥的撒旦教秘密…

在瀏覽 Deep Web 的初期，筆者在 Deep Web 也找到一定數目的撒旦教網站，有的內容是頗有趣，也有的是捏造的，甚至有些是沒有直接關係。當中比較出名的是「Hell Online」，一個地下撒旦教的討論區，有不少信徒在那裡分享想法和事跡，但內容比表網絡的 Club666 稍為激進。另外，撒旦教的聖經

「The Demonic Bible」在 Deep Web 也可以免費下載,裡頭講了不少黑魔法知識。

筆者曾經也去過一個撒旦教派的網站,網站背景黃紅相間,主頁是個大大的山羊頭標,下方則講述撒旦教的教義,最後則是邀請你網上入教。其實在看過它迷人的介紹,筆者曾經心動過想加入,但當看到入會費要 $666 美元時,想也不想便把網站關掉,心中吐槽如果有人傻得給 $666 美元出來,他離撒旦教的精英主義可甚遠呢。

之後也有些看似撒旦教的網站,其實本來只是惡搞。曾經上過一個叫「Lust 色慾」的網站,網站開頭是一連串挑逗性的句子,例如叫你回想起過去一些淫亂的經歷等,但原來最後是叫你信主耶穌基督⋯

其實以前 Deep Web 還有很多和撒旦相關的網站,但可惜在半年前 FBI 一次大清洗下,很多 Deep Web 網站(包括很多大型論壇)也被當掉。雖然之後部分網站重開,但很多小網站不復在了,所以撒旦教在 Deep Web 的記錄真的所剩無幾⋯⋯但慶幸還有一宗驚人的活人祭被記錄下來。

誤入禁區

　　這是一位西班牙網友的經歷，在以下的故事我們稱他為
Juanalon。他也是一名 Deep Web 探勘者。就在大約半年前，
他在 Deep Web 其中一個大型論壇 Torchan 中找到一個只留下
Link 但沒有說明的帖子，其實這類型帖子在 Torchan 很常見。
對於他們這些好奇心旺盛的人來說，當然想也不想便按進去。

　　據悉，那個網站的設計很簡陋，文字的敍述也不多，純粹黑
色背景，中間有張不詳的圖片。圖片的正中央是撒旦教的標示黑
山羊神（雖然它真實的來歷和撒旦無太大關係），側邊寫住「I'm
your only god（我是你們唯一的神）」，底下則是一些附描述的
圖片和影片下載地址。

根據網頁的文字描述，他們來自一個叫「The Sect of the Only Way 真路教」的撒旦教分支，網頁則記錄了他們活人祭的影片和計劃。以下的圖片則是他給筆者的。

可能大家不太明白上圖發生甚麼事，筆者也有問過他可不可以放無碼版本出來，但基於之後發生的事情，所以他拒絕了筆者的請求，所以筆者在這裡解釋一下這一組圖片。

其實整套照片有很多張，以上只不過是部分照片。在第二張照片後，那個被蒙上眼睛的男孩開始極力掙扎，但被戴上屬鬼面具的男人一拳打在後腦上，被打的男孩也立即靜止下來。接下來的事既殘忍又難以理解，那個男人強行脫下男孩右手的手套，用一把類似八字鉗的剪刀套在男孩的幼嫩的拇指上，再用刀住內一剪。

男孩的拇指應力住內一彎，整隻斷掉出來，黑色的鮮血慢慢滲出。那個面具男看到男孩斷掉拇指的部分骨肉，仍舊有血絲連著手掌，馬上用力一扯，把拇指剩下來的部分也撕走，男孩的嘴扭曲得像名畫「吶喊」的男子般。

來到尾段的圖片，其實男孩的下場不難預測。面具男在腰間拿出一把鋒利的短刀，那把短刀鋒利得即是在照片散發寒光。那個男人手法俐落，一刀插進男孩的喉嚨，再緊抱著他，讓男孩靜靜在失血過多中掙扎，再慢慢死去。

駭人和被駭

在網站上，還有一些女性被綁起來虐打的影片，甚至有槍殺的鏡頭。雖然不及 Deep Web 其他變態的網址，但其罪行仍然不應被看輕。Juanalon 在看過這個可怕的網址後，無論基於好奇心還是正義感，他都決定追查這個撒旦教的邪惡分支。

Juanalon 決定和他一個略懂駭客的朋友到自家附近的網吧，嘗試駭入他們的網站，找出網站的來源和邪教組織的背景。以下是他們最後找到出來，關於這個「The Sect of the Only Way」的零碎資料。

The Sect of the Only Way 來自一個俄羅斯或烏克蘭的撒旦教分支。他們除了崇拜撒旦外，還崇拜一隻叫「Astaroth 亞斯達洛」的惡魔。根據他們教派的敍述，他們會隨機綁架一些婦孺來虐待和殺害，因為這是「撒旦要求他們做的事」。除此之外，他們還涉嫌販毒和走私等罪行。雖然 Juanalon 相信那個組織涉及更可怕的陰謀，但筆者則採取半信半疑的態度。

好了，終於到筆者出場了。

其實筆者一直是用 Facebook 和 Juanalon 連絡，大約在數個月前，在知道他在追查 Deep Web 一個撒旦教後，便主動問他的資料。Juanalon 也很歡迎筆者寫出來和合作調查，而且很詳細地解答筆者的問題。但可惜，在那一次交談後，我們都分別遇上一些令人不安的事情。

在談話不久，Juanalo 突然連續收到兩封用俄羅斯文寫的電郵，電郵寄件者叫 Dmitri Stalin，而地址則是「sect23x76x@mail2tor」，一個很典型以 Deep Web 郵箱開的電郵。電郵的內容很散亂，但大致內容如下：

> 我們已經聽聞你所做的事跡。
>
> 千萬不要找那些你不會想知道的事情。
>
> 如果你真的想知道，
>
> 我們可以告訴你，
>
> 但代價絕對是你脆弱的生命。
>
> 刪去那些不應該出現的東西，
>
> 更不要轉做其他語言。
>
> 我們會一直留意你。
>
> 最後，這段影片是給你的。

在之後幾天，Juanalo 的家中發現數個陌生男子在附近徘徊，雖然沒有確實他們是來自撒旦教（而且碰巧臨近萬聖節），

但仍舊令 Juanalo 產生強烈的威脅感。另外，電郵附上的影片是一段男子被人用槍頭虐打和槍殺的影片。

而筆者則在幾天後，幾乎所有網上的帳戶，當中包括 Facebook 和 Google，均收到受到駭客攻擊的報告。而筆者家中的電腦也受到駭客入侵的警告。但慶幸的是，可能他們的技術不太好，所以好像沒有成功（至少表明看起來）。

但在這次侵襲之後，筆者再也沒有主動連絡 Juanalon。而 Juanalon 也在不久之後，因為承受不住他們給的壓力，把網上絕大部分的影片和照片刪去，只留下不構成問題的部分。數個月後，那個邪教網站也在 FBI 對 Deep Web 的大清洗中一同被關掉，之後其行蹤一直成謎。

對於 The Sect of the Only Way 的調查也被迫在中途結束。

來至何方的撒旦教？

究竟 The Sect of the Only Way 是否屬實？它真正的本質又是甚麼？雖然手上的資料在上述事件後沒有再增加，但筆者在這裡嘗試用僅餘的資料去分析事件。

首先，對於他們犯罪手法的分析。根據上面的內容，那些所謂撒旦教徒的手法並不見得專業。第一，他們虐打和殺害是沒有

明確的宗教目的，沒有依照特定的儀式或日子，只是純粹作玩樂或威嚇，這並不是專業撒旦教徒的作風。第二，雖然他們殺小孩的行為確實令人髮指，但又離真正撒旦教的殺人手法相距甚遠。

其次，對於他們派崇拜的另一個對像「Astaroth 亞斯達洛」，根據一本古老惡魔目錄《Lemegeton（雷蒙蓋頓，又叫所羅門王的小鑰匙）》的記載，Astaroth 原本是古代巴比倫的豐穰女神 Ishtar，Ishtar 其後又成為希臘豐穰女神 Aphrodite。最後在基督教文化的洗禮下，她被貶為惡魔司令官之一，外形也由原先的美若天仙，變為騎著惡龍的怪人。但奇怪的是，筆者聽說過的 Astaroth 都是召喚用，反而用作崇拜的對像的情況則很少。反而，以 Astaroth 作為藍本的卡通壞人或遊戲 Boss 則比較多，這點讓筆者相信這個派別的信徒都是年青人。

總括來說，筆者認為 Juanalo 遇到的撒旦教應該是一些由俄羅斯青少年由組成的「Dabbler Satanism 業餘撒旦教」，亦即是由一班患有重度中二病的青少年組成。他們純粹覺得做撒旦教徒很酷，在網上 Google 一下黑魔法儀式資料，之後再把自己的 Facebook 大頭貼轉為惡魔標誌，便成立起「小撒旦教會」來。

在犯罪學上，這些青年教會有很大機會會犯下血案，但和那些真正有龐大組織和精通黑巫術的撒旦教差距甚遠，所以對於身在遠方的 Juanalo，不會具備太大威脅，而 Juanalo 遇到所謂的跟蹤也可能是心理作用罷了。

Flappy Bird
笨鳥先飛

```
<!DOCTYPE html>
<html>
<body>
```

`<p>`　　Flappy Bird，中文名叫「笨鳥先飛」，筆者相信大家對前者的名字比後者更為熟悉。它是由一名越南電腦程式員，阮哈東開發，並在 2013 年 5 月於 App Store 上架。由於遊戲方法新穎而簡單，只要操控那隻黃色小鳥 —— Flappy Bird 上下飛行，盡力避開所有綠色管道便可以了。所以上架短短半年，這隻 Flappy Bird 的下載次數已經超過了 5000 萬次，並為原創人阮哈東帶來 $50000 美元的廣告收益。

　　但可惜的是，在 2014 年 2 月 8 日，阮哈東突然在自己的 Twitter 上發言，宣佈二十二小時後會將 Flappy Bird 由 App Store 下架，並補充説：「我再也無法忍受了。」和「與法律問題無關。」

　　當初大家都以為阮哈東只是開玩笑，但當 Flappy Bird 真的由 App Store 正式下架後，網民立即驚訝不已，議論紛紛起來，好奇為甚麼這隻 Flappy Bird 竟然會在人氣最頂盛的時候毅然決定下架呢？各種陰謀論紛紛竄出，宛如百貨公司裡的衣服般五花八門。當中最多人傳言的説法是因為遊戲設計充滿「超級瑪莉奧」的元素，例如水管和 2D 畫風，所以作者擔心被任天堂威脅控告。

　　在偶爾的情況下，筆者在一個西班牙論壇找到另一個關於 Flappy Bird 的下架原因，一個和 Deep Web 有關的陰謀論。這

篇陰謀論除了內容新鮮外，其出處也非常奇特。由於當初筆者是在一個西班牙的論壇發現這篇文章，之後，筆者想在 Google 找英文版本時，卻發現原來這篇陰謀論只在西班牙地區流傳，從來沒有人把它翻譯成英文。這點其實很稀有，一個題材那麼國際性的都市傳說，竟然沒有英文版本。最後，筆者只好找一找 Google Translate 幫手，變成一堆毫不連貫的英文（如果英文翻譯都差，更不用說翻譯成中文）後再親自整理。

「Devil Mate 魔鬼的同伴」

大家有沒有聽過「Marianas Web 瑪里亞納網絡」？Marianas Web 是指 Deep Web 的最底層、最杳無人煙的地方。如果用大海來比喻，「表網絡」就是人們嬉水暢泳的海平面，我們平常指的 Deep Web 就是要用潛水器材或潛水艇才可到達的水底，而這個神秘的 Marianas Web 就是海洋裡連陽光都照不到、潛水艇也去不到的海底深處，那裡只有絕對的黑暗和畸形的生物。Marianas Web 雖然不像 Shadow Web 那麼病態，但仍然充滿各種未知的危險和令人戰慄的秘密。

以下要講述的故事是來自一名西班牙的「Deep Web Explorer 深層網絡探勘者」分享的親身經歷。

通往 Marianas Web 的方法遠比通往 Deep Web 的來得複雜，不是簡單下載一個 Tor Browser 就可以，電腦本身還要強得可以計算量子力學數式的級數才可進入。但由於興趣關係，我經常在 Deep Web 留連，偶爾也會到 Marianas Web 看看。但除去

那些謠言的神秘面紗，其實 Marianas Web 那裡都只不過是擺放了一些國家機密文件或陰謀論的網站，但如果你本身不是政府人員或情報人員，你根本不會感興趣。

但是，那裡有一個頗有出名和有趣的討論區，叫「Devil Mate 魔鬼的同伴」。縱使它的名字很「異教」，但你們不要以為這是甚麼撒旦教的網站，它只不過是一個討論區，一個比較「奇怪」的討論區罷了。基本上這個論壇是對任何人開放，不需要任何條件都可以註冊成會員。但是，所有會員都是分了級數的，總共有 66 級，最低級是 Level 1，最高級是 Level 66。所以如果你是剛剛註冊，便是 Level 1 的新手會員，討論區大部分帖子要麼是隱藏，要麼是亂碼。如果你想看到更多的內容的話，你便要「升級」，而「升級」的方法就是要完成一些「儀式」。

至於「儀式」的內容是甚麼？其實沒有一定的答案，純粹看那些高級會員的心情。首先，那些高級會員會一起商量「儀式」的內容，**可能是飲一公升雞血、生吞豬心、用沾滿經血的衛生巾來沖茶飲**⋯⋯當他們決定後，便會委派給那些較低級的會員。之後那些低級會員便要完成任務內容，並拍成短片，上載到「魔鬼的同伴」。如果大多數高級會員覺得滿意，你便可以「升級」了。隨著你的級數愈來愈高，那些「儀式」的內容也會變得愈來愈極端和詭異，可能是進行一些古老的邪教儀式、可能是駭入某些網站拿取資料、甚至可能是殺死某些你身邊的人⋯⋯

但更加重要的問題是：為甚麼人們要這樣做？他們的付出可以換來甚麼好處呢？答案是：**金錢和名聲**。

其實「魔鬼的同伴」是由一班匿名的成功人士創立，他們真實身分是甚麼，人數又有多少，真的無人知曉。只知道他們最初成立的目的是「**為了聚集一班擁有卓越精神的人士**」，這點倒和光明會、共濟會等神秘結社很相似。當你達到一定級數後，可能是 Level 16，又可能是 Level 24，那些「資深會員」或者「元老」就會詢問你的個人資料和願望。數天後，他們便會給你一些「建議」和「獎賞」。例如你是一名快餐店老闆。當你完成一定數目的「儀式」後，你便會得到一棟物業以及一份產品建議書。

其實以上的內容都是一名「會員」對我說，我並沒有實質參與過他們所謂的「儀式」。但基於好奇心作祟，我偶爾也會瀏覽他們的網站。因為網站所有會員的「升級歷程」和得到的「讚賞」都是半公開形式公布。即是所有會員的資料和對話都是以亂碼形式公布。雖然你不會知道他們實際上得到了甚麼，但透過一些附圖和文件格式，你們也可以隱約猜到他們做過甚麼來。

縱使聽起來很吸引，但事實上，網站內大部分的資料要麼是不能解讀，要麼是平平無奇。但就在前幾天，我發現了一位頗為可疑的會員，他的名字叫「Gnod」。

這位叫 Gnod 的會員起初吸引我注意是原因是：**他升級得很快**。註冊了短短數個月便已經上升到 Level 27。理所當然地，他很快便受到「元老們」的賞識，我很快就看到他的個人留言版上有人留下一大堆亂碼。我當時心想，那些應該就是 Gnod 的「獎賞」了。

因為我本身精於電腦程式（如果不是，我何以能上 Marianas Web 呢？），所以很快便辨識到那埋亂碼的真身是電腦程式，還要是 iOS 的程式。所以我當時猜這位 Gnod 應該是一位電腦程式員，而這個「獎賞」應該會幫他在 App Store 裡賺一大筆錢。我趕緊細閱那堆亂碼，看看有沒有甚麼端倪可以猜到它是哪一個 App。但當我瞥到亂碼堆其中一張圖片時，我立即嚇得慌亂起來，迷惑和不安像洪水般充斥住我的腦海。

那是一隻鳥，一隻 Flappy Bird。

我立即回望這段對話的日期，發現對話日期是 2013 年 1 月，那時 Flappy Bird 根本還沒面世！我再看看他們之後的對話，發現在 2014 年 2 月頭，亦即是 Flappy Bird 宣佈下架的日子，Gnod 的留言板上多了一大段和一些的「高級會員」激烈爭論。雖然我看不懂那些亂碼，但如果對話夾雜住一大堆感嘆號和粗口符號，我想不到除了吵架外還有甚麼了。

我的腦海立即聯想起阮哈東在 Flappy Bird 下架時說過「**我再也無法忍受了**」這句說話。究竟這段爭吵是不是和 Flappy Bird 下架有關？這位 Gnod 又幹了甚麼事，引發如此激烈的爭論呢？或者我們應該回到最基本的問題，究竟 Gnod 的真身是不是阮哈東呢？我不敢在這裡和大家妄下判斷，但我深信所有事情都存在住某種連繫……

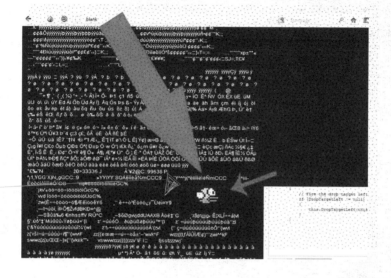

　　筆者當然沒有能力和大家說 Deep Web 是不是使 Flappy Bird 下架的真正原因，因為筆者還沒有去過那個論壇，但在這裡有兩點想提醒大家：首先，「Marianas Web 瑪里亞納網絡」是真的存在。第二，故事中的網民「Gnod」，如果把他的名字倒過來，便會得到「Dong（東）」，恰好是阮哈東的簡寫。所以有很大機會阮哈東真的是在 Deep Web 拿到 Flappy Bird 的靈感！

　　又或者我們再推想多一層，在網絡深處真的有如此奇怪的秘密組織也不出為奇！

```
</p>
</body>
</html>
```

unidentified

Deep Web 的外星人

不知道當大家提起外星人時，腦海裡會聯想起甚麼景象？像「異形」那種而外表畸形，可以用尖銳的尾巴刺穿你的可怕怪物？《E.T》裡那矮小醜陋但內心善良的棕色小矮人？抑或是像《來自星星的你》帥氣挺拔、迷到萬千少女的都敏俊呢？

鑑於大家可能對現今 UFO 理論不太熟悉，恐怕影響之後的閱讀，筆者在這裡先為大家進行一個只有數段的簡介。

現在 21 世紀，普遍的 UFO 愛好者相信外星人早在第二次世界大戰已經和人類進行第三類接觸。納粹德國首相希特拉曾經和外星人進行交易，而且企圖利用「逆向工程技術」，製作一隻飛碟出來。而美國是在 1947 年，羅斯威爾事件（Roswell UFO incident）才開始和外星人接觸。

但在冷戰期間，美國的秘密政府（光明會）為了掌控全世界，不惜容許外星人在國內綁架自己的人民和建立秘密基地，以換取外星科技，這間接促成了「Dulce Battle 道西戰爭」和 Area 51 的出現。直到現在，外星勢力一直躲在美國政府背後，影響它的運作。

外星人是透過一個「星門（Stargate）」的時空渠道來到地球。「星門」的原理其實和「蟲洞（Wormhole）」一樣，指一些時空的薄膜，透過把宇宙的時空「對折」，令同一時空上兩個空間點的距離縮短至零，讓太空旅行得以實現。在地球，這些空間點的位置剛好在人類早期文明的發源地上，例如阿富汗、西藏、戈壁和南極洲。據說，2009年挪威的「藍光事件」和2010年的「亞丁灣事件」也是因為星門打開引發。

外星人的種類數以千計，但和地球人最有緊密關係的只有兩種：小灰人（Grey Alien）和蜥蜴人（Reptilians）。小灰人是人類最常見的外星種類，佔全球目擊報告75%。那些目擊者描述的口徑一致，那些小灰人通常只有四呎高，身材矮小，有六隻手指，頭比例非常大而且有一雙深黑色的眼珠。據悉，它的眼睛有催眠能力，故目擊者應該避免和它有直接的眼神接觸。

另外，據說蜥蜴人是一個遠比人類來得歷史久遠的民族，早在恐龍時期已經存在，但一直居住在地底。普遍蜥蜴人高達兩米，全身佈滿綠色斑點和一條長長的尾巴。據悉蜥蜴人的力氣非常大，可以輕易舉起一個成年人。根據當代陰謀論者認為，蜥蜴人已經慢慢侵蝕地面的世界，甚至有人說部分美國政客也是蜥蜴人來的！

那麼外星人究竟如何和 Deep Web 扯上關係？

大家還記得早在 2010 年弄得滿城風雨的維基解密事件（WikiLeaks）嗎？其實 Deep Web 在維基解密事件擔當了很重大的角色！

早在 2006 年陽光媒體成立維基解密時，阿桑奇（Assange），維基解密的董事長，在第一年已經將逾 120 萬份國家級機密文件放在 Deep Web 的網站內，並以那網站收集情報！換之言，Deep Web 在洩露政府機密擔當一個多麼重要的角色。

其實除了維基解密外，Deep Web 還有不少網站專門收集國家級情報，當中除了軍事和經濟等機密外，當然也有不少外星人情報。

以下圖片就展示了一個在 Deep Web 專門討論外星和秘密結社的陰謀論網站，當中不乏聲稱由政府電腦偷取出來的機密文件。大家可以看到不少驚人的文件標題，例如「Mufon: current abduction case（UFO 互動網絡：現代外星人綁架事件）」和「How to build a flying saucer（如何建造一架外星飛

船）」。

UFO Files Index

Filename	Size	Description
	14153	Secret Operands: Alternative 003
	4618	The Aztec Recovery - 1948
	3674	Black Project: Hanger 18 and Hanger 51 information
	3666	Three days of blinding light: government will blame ufo's
	21242	How to build a flying saucer (from krelynet)
	31643	The ufo conspiracy: government coverup of alien activity
	3921	The 'message of cydonia' : first contact with ET's
	6433	1988 eastlake sighting by coastguard
	26527	Philip Class's 'crybaby' w/letter from Fate magazine
	2759	Warning against tactics employed in CBS mini-series on ET's
	16225	Another ufo/government conspiracy: milton cooper speaking out.
	21935	The Lear testimony & commentary
	13053	Lyrian - Pleiadians history and stuff
	29997	The truth about Mars
	3176	National listing of mufon bbs's
	23265	Mufon: current abduction cases
	17603	Perpetual-motion machines: a history
	11719	Listing of ufo related books compiled from library of congress

除了照片外，還有數段聲稱拍下外星人或是 UFO 的短片。

伊拉克的外星人

在美伊戰爭期間，美國軍方在伊拉克的沙漠上發現一些可疑的白光團。

羅斯威爾事件

一段聲稱在 1947 年羅斯威爾事件，一架外星飛船墜毀在美國後拍下的影片。

籠內的外星人

影片沒有描述，但隱約可以看到一隻被困在籠中的外星人。

　　除了以上的影片和相片外，在 Deep Web 還流傳一個懷疑是外星人建立的網站。那個網站之所以被懷疑是外星人建立的主要原因是，它並不是由任何人類已知的文字寫成，而是一種像古美索不達米亞的文字（一直有傳言古美索不達米亞是由外星人建立）。除此之外，網站還用那些未知的文字描述一隻非人的手和一些天體運行，好像想介紹外星人的身體結構和居住地方。

　　接下來，筆者想和大家介紹一個關於外星基地實影的 Deep Web 故事。

Green Ball
綠色球體

```
<!DOCTYPE html>
<html>
<body>
```

`<p>`　　繼 Daisy Destruction 後，這個叫「Green Ball 綠色球體」的 Deep Web 傳說也是 100% 真實，筆者也親身驗証過。但 Green Ball 和 Daisy Destruction 不同的地方是：Daisy Destruction 曾經浮上到「表網絡」，所以你們在 Google 也可以找到相關的資料。但 Green Ball 一直都只是埋藏在 Deep Web 的深處，甚至在 Deep Web 也只有小貓三四隻討論過，**是一段極之機密的短片。**

　　如果你有上過 Deep Web 就可能會留意到，很多時候 Deep Web 裡的網站都是一個連一個，而不是像「表網絡」般可以由 Google 直接找到。有時候如果你沒有記下網站的網址，很快你便會忘記是如何進入。所以大部分看過 Green Ball 的網民其實都是無意中闖了進去。據他們說，那個網站的設計頗怪異，甚至連那個網站的名字也是亂碼。

　　那個無名的網站主要擺放了數以百計，各式各樣的變態恐怖短片。當中有部分更是人體實驗的影片，而 Green Ball 也只是其中一段。但為甚麼人們會主力談論 Green Ball 呢？主要原因是 Green Ball 這段影片不單是一段血腥變態的人體實驗影片，它裡頭還隱含住一個神秘組織和很多的超自然元素。

　　其實當初筆者聽到 Green Ball 的故事時，也是半信半疑，

心想沒有可能那麼恐怖。直到筆者在 Deep Web 調查時，忍不住在電腦面前叫到「屌！原來是真的！」才真的相信 Green Ball 這個故事來。

浴缸裡的屍汁

以下是綜合了看過 Green Ball 的網民描述，整合出來的電影內容報告。**部分描述的內容可能會令你不安，所以看前請考慮清楚。**

「Green Ball」影片總長二十分鐘，拍攝者、團體身分不明。電影的開頭是一張發光綠色球體的照片，球體上面寫著「Green Ball」，而畫面的左下角是一個紅色的 X，相信這是屬於影片製作人的標誌。

電影在一間陰暗的房間開始，房間很大，但只有天花板上一盞微弱的燈泡亮著，籠罩住一股令人不安的氣氛。燈泡下方有一名女孩，女孩被人用粗厚的麻繩綁在一張鐵椅上，動彈不能。女孩兩眼空洞，神情呆滯，仿佛被人注射了鎮定劑。由外表推斷，她的年齡不超過 12 歲，還只是一名小女孩。

突然，一名戴著白色面具的男人走入鏡頭。他赤裸著上身，展露出滿佈疤痕的胸膛，用那雙寒氣逼人的目光面對住鏡頭，仿佛在做無聲的自我介紹。接著，鏡頭來個 180 度轉向，照向攝影師本身。攝影師全身都用黑色的麻布包裹著，只露出一雙黝黑而陰森的眼睛，看不出他是男還是女。

之後，那個黑衣人開始說話，他的聲音尖銳而混濁，就好像得了肺結核一樣。他用一種未知的方言講話，講話約長兩、三分鐘。有部分網民說他說的應該是俄羅斯文，而內容主要是一連串數字和一些科學術語，好像是甚麼實驗目的似的。

鏡頭再次轉到那名半裸的男人和女孩。這次，那個男人手上多了一件古怪的物件，一把既像剪刀又像鉗子的東西。它有剪刀的外型，但在最尖端的位置卻變成一個 O 形。就在你搞不懂這把神秘儀器是用來幹甚麼的時候，那個男人很快就展示了它的功用：斬手指。那個男人用屠夫般俐落的手法，迅速抓起女孩的左手，把她的無名指切下來，鮮血立即由整齊的缺口噴出，女孩不斷發出悽厲的尖叫聲。

攝影師明顯對虐待女孩的畫面不大興趣。因為鏡頭很快一轉，已經是女孩垂下頭地坐在鐵椅，十指全失，有氣無力地在挪動身上麻繩的畫面。另外，那個滿身疤痕的男人也不見了，但換來一個全身穿著黑衣，頭戴綠色面具的男人。攝影師對那個男人說了一種安眠藥的名稱，那個男人隨即由袋子拿出一支針筒，插入女孩的頸子裡。女孩不一會兒便停止掙扎，昏過去了。

之後，畫面轉到一間類似實驗室的房間，但又比正式那些簡陋得多。攝影師一邊拍攝實驗室的儀器，一邊用俄羅斯文介紹實驗室內儀器的用處。那間實驗室很大，放置了數以十計的浴缸。深黑色的液體灌滿了每個浴缸，而每個浴缸都浸泡著一個小孩子的身軀。大部分浴缸裡的小孩都已經死去。那些黑色液體好像腐蝕了他們的身軀，皮膚和肌肉都溶解成肉色的漂浮物，只剩下一

副枯黃色的骨頭和半腐爛的頭顱浮游在液體上。

　　有部分孩子雖然還沒死掉，但情況也是生不如死。他們只有部分的組織被溶解了，留下血肉模糊的身軀，鮮血由傷口滲出，和那些黑色的液體混和，情況噁心至極。他們微弱起伏的胸膛表示他們還有小小生命的跡象，但他們最終的下場都顯而易見了。

　　畫面隨即又返回女孩身上。女孩現在軟癱在地上，臉朝向下。身上的麻繩都不見了，但眼睛被人用黑布矇住，嘴巴微微張開。由畫面可見女孩仍然有呼吸，但很微弱，應該被人注射了大量鎮定劑。其中一些男人趁機惡意地玩弄她幼嫩的身軀，但很快就被攝影師制止。

　　攝影師命令那名疤痕男抱那個女孩到實驗室，把她放到一個全新的浴缸裡，並開始注入那些邪惡的黑色液體，**過程中你可以聽到遠方傳來很多孩子的尖叫聲**。女孩的身軀完全浸入黑色液體後，攝影師走到另一個浴缸。那裡站著一個穿著黃黑色皮夾的男人，男人面前的浴缸內只剩下一盆綠色的汁液，還有數塊像湯渣般的人骨留在水面上，情況嘔心透頂。

那個男人用一支頗大的注射筒，抽取了浴缸裡那些綠色的「屍汁」，再注入到一個圓形透明的容器中，直到那個容器變成一個「綠色球體」為止。最後，鏡頭聚焦在這個殘忍而神秘的「綠色球體」數秒。之後畫面突然一黑，影片來到這裡也正式完結了。

一環扣一環

其實筆者原本對那些「綠色球體」的用處和來歷是毫無頭緒，但慶幸在一位美國網友，整理了一個比較有根據的解釋。

首先，那名來自美國的網友聲稱認出那段影片的實驗室是來自美國的「道西基地（Dulce Base）」。筆者相信一些 UFO 發燒友對這個詞語一定不陌生，筆者可能在自己的網誌也有和大家談論過。

簡單來說，道西基地是一座傳說位於美國的外星人地下設施。據說，這座基地是秘密政府（光明會）和外星勢力私下合作興建的工場。我們的秘密政府應允外星人可以隨意把人類綁架起來，並送到這個道西基地，把他們像農場裡禽畜一樣養殖或用作各種人體實驗的「材料」。而秘密政府得到的報酬是一些外星的高科技產品。

那個美國網友說「綠色球體」中的實驗室，和一些由道西基地洩漏出來的實驗室照片很相似。所以「綠色球體」有機會是道

```
</p>    西基地裡眾多人體實驗中，其中一段洩漏出來的影片罷了。

</body>
</html>
```

Kaiden of Deep Web

Deep Web 的怪談

「怪談」一詞來自日本的江戶時代，泛指一些短篇靈異故事集，當中比較出名的著作有《四谷怪談》、《皿屋敷》及《牡丹燈籠》。後來怪談的定義愈來愈廣泛，不在局限於故事集上，推廣至電視劇、漫畫或圖片集。

可能與未有接觸過怪談的人心目中的意思不同，怪談並不一定局限在靈異事件，傳說妖物、異度空間、神秘消失、怪人怪事、咒語影片都可以列入怪談內。簡單來說，就是一些既非外星人又非現今科學可解釋的人和事。

在 Deep Web，除了那些變態組織、邪教和外星人外，屬於怪談的事件也多不勝數，而且也是很熱門討論的題目。例如下圖就是在 Deep Web 一個比較出名，專門討論怪人怪事和外星人的論壇「Paranormal Aliens」。

還有另一個比較怪異的帖子想和大家分享，下圖是一個自稱是「Soul Dealer 靈魂販賣者」的網民在 Deep Web 論壇發的帖子，內容講述他可以賣一些「靈魂」給網民。那些「靈魂」是取自已死的人，只要和那些「靈魂」簽下契約，就可以任你吩咐。當中還有一個專門為「儀式」而設的套餐，那些「靈魂」本身已經有一定的法力。

這個帖子最讓人覺得驚奇的地方是：Deep Web 不同表網絡那些論壇，從來沒有人會發瞎辯的帖子。任何人發帖，特別是關於買賣的，一定是貨真價實，所以這個「Soul Dealer 靈魂販賣者」惹來不少網民的猜疑，說不定真的和巫術有關！

除了上述的帖子和網站外，以下還有數段由 Deep Web 掘出來的怪異影片想在這裡和大家分享一下。

含有催眠訊息的影片

影片表面上純粹由數十部黑白電影剪輯而成，但有人指出影片其實收藏了一些神秘訊息，可以暗地裡催眠觀看者的潛意識⋯⋯

在 Deep Web 出售的影片

這是一個在 Deep Web 專門販賣各種詭異影片的網站所發佈的預告片，由於影片的畫面過於詭異，會令你產生頭暈或身體不適。

癲癇的女人

一個患上怪病的女人，擁有一張像戴上面具般僵硬的臉容，

跟隨著背景強勁節拍的音樂，跳著詭異的舞蹈⋯

自行旋轉的木馬

影片來自一部在美國遊樂場的閉路電視，拍攝在夜深人靜的晚上，旋轉木馬出自行旋轉的景象⋯⋯

被邪靈上身的男人

拍攝了一個被邪魔附身男人的影片，影片中可以看到那男人的身體不斷浮出一些無緣無故，憑空出現的傷痕。

在 Deep Web，就有一個網站充滿靈異色彩的怪異網站，聲稱可以看透一個人的一切，而那個網站的名字叫「Holy 3」。

Holy 3
神聖三人

0 / 8 # 1

`<!DOCTYPE html>`
`<html>`
`<body>`

`<p>`

　　每個人或多或少都犯下過不可饒恕的錯事，背負住不可告人的秘密，幹過一些難以啟齒的勾當。那些東西就好像陰暗的影子般纏繞住我們。即使在我們人生最閃爍、最燦爛的時刻，它們也會在我們的腳下盤纏，甚至比平時更大更顯眼，仿佛要提醒我們曾經犯下那些污穢不堪的錯誤，不要天真地認為自己可以完全投身在光明之中。

　　我們背負的罪孽最後會在我們的心中形成一道裂縫。有些勇敢的人會反過來利用這些裂縫，培養出各種高尚的品德，例如體諒和寬恕。但大多數人都沒有這種勇氣去面對它們，而最終成為了阿基里斯的腳跟，被惡魔和妖怪所利用。你們有沒有看過「驅魔人」或者其他類似的神話傳說？那些惡魔永遠都有能力看穿人們的過去，再挖出那些主角們最不願意面對的事情，摧毀他們那些原本堅挺的意志，變成一堆爛泥。

　　為甚麼筆者會這樣說？因為相傳在 Deep Web 裡就有一個神秘的網站，可以看穿每一個人的過去，再利用你曾經犯下的過錯來弄死你，而它的名字叫做 ──「Holy 3 神聖三人」

神秘的 PDF 檔

其實沒有人確切知道事件在何時發生，只知道由 2009 年開始，無論在 Deep Web 的 Torchan 或者表網絡的 4chan，都有一些零零星星的帖子，講述他們在 Deep Web 找到一個頗奇怪的網站，而內容都是劃一如下：他們在 Deep Web 的論壇瀏覽帖子時，看到一些和帖子原有內容牛頭不對馬嘴的回覆，可能是「這裡有一個很有趣的網站，看看吧 ^^」或者「請來一來這裡」，甚至只留下那個網站的 Link。

我們都知道通常上 Deep Web 的人都是一些好奇心過盛的人士，很多網民想也不想就按了入去，完全不理會後果，而事實證明了他們很多人都後悔不已。其實那個 Link 是連接一個叫「Hidden Part 隱藏的部分」的 PDF 檔，而 PDF 檔的內容仿佛是一篇學術文章，分析一個叫「Holy 3 神聖三人」的網站，包括網站的架構、人物個性、疑團推測、還有一些網民在那裡發生的慘痛經歷，當中更有不少是事主被逼得發瘋的例子。

文章的最後一部分是講述通往 Holy 3 的方法。不知道是存心還是無意，文章的作者好像擔心你看不懂他寫下的方法，還留下直接通往 Holy 3 的超連結。最後的結果顯而易見，很多 Deep Web 的網民維持住一如以往的找死心態，在看過文章中提及其他網民的可怕經歷後，仍然毫不猶豫地按入 Holy 3 的網站…這就是一切麻煩的開端。

怪誕三人組

究竟「Holy 3」是一個怎樣的網站？你們有沒有玩過 Omegle？Omegle 是一個匿名和隨機的網民聊天的網站，你可以在那裡和世界各地的人聊天。Holy 3 也是類似的聊天網站，而且網站設計簡潔得很，只有聊天框，就再沒有其他東西。除此之外，你對話的對像只能局限於三個人，三個各有怪異之處的人。他們分別是 M44、AndrewS 和 Ariana。

當你進入網站後，他們三個都不會說話。只有當你開始發問時，對話才正式開始。但緊記一點，他們三人只會回答問題，而不會回覆任何敍述性句子，但有網民說只要你在任何句子尾端加一個「？」，他們也會回答你。

通常首先開腔的是那個叫 M44 的網民。M44 是個低能兒，只會回答「是、否、開心、傷心（Yes，No，Happy，Sad）」。曾經有個網民問他們「你們是誰？」，而 M44 的回應是「NoooNNo」。當你忍受 M44 那些無厘頭的回覆一段時間後，更難頂的 AndrewS 便會加入對話。

AndrewS 是一名奇葩，他基本上不會回答你任何問題，只會改寫你句子的結構。例如你問「你好嗎？（How are you？）」，他會答「好你嗎？（Are you how？）」，或者你問「你們住在哪裡？（Where do you live？）」，他會答你「住你們哪裡在？（Live you where do？）」。

當你開始感到灰心之際，認為這個傳說中的恐怖網站不外如是之際，Ariana 便會加入對話……而這就是你的夢魘的開始。

```
ONLINE        u: What is this gay crap?
              M44: lel mate homosexuality isn't cool anymore
M44           Ariana: suk me cock m44
AndrewS       M44: :(((((((
Ariana        u: you guys are total faggots
              Ariana: de grifter woz fone
YOU!!!!!!!!   u: lolwut
              Ariana: u go on redit donchu fag
              u: !!!
              Ariana: an ure a stoopid brony
              u: HOW ABOUT I SLAP YOUR SHIT ARIANA
              Ariana: top lel
              Ariana: say hi to your daddy Daniel who died in 1990 and
              see you in your dreams tonight lol
              u: WHAT YOU SAY ! eleventybillionSPOOKY!!!!!!!!
              User "u" has left chat.
              Ariana: top lel
```

「你還記得 Mark 是誰嗎？」

單憑直接的描述是不足夠表現出這位神秘網民 Ariana 的可怕之處，所以筆者選取了一位網民的經歷和大家分享。

事情發生在幾年前，那時我還未知道 Holy 3 的存在。事發時我正在 Deep Web 的 SilkRoad Forum（一個和毒品交易有關的論壇）找一種迷幻藥。我無意看到有一個網友貼了一條 Link，Link 下面寫住「這個網站不得了」。在好奇心驅使下，我很快便按了下去。

那個網站是一個類似匿名聊天室的東西。當我一進去時,對話框已經寫上「M44、AndrewS、Ariana 在線上,可展開對話」。我起初以為這是甚麼毒品交易的渠道,便隨機問一些問題,試探下他們的底細,但可惜我只得到 M44 和 AndrewS 那些奇奇怪怪和毫無邏輯可言的回覆。正當我想關掉網站的時候,Ariana 突然加入對話起來。

Ariana:「不要這樣做,大衛。」

Ariana 突然叫我的真名,這點嚇了我一跳。但仔細一想,要在短時間查出來其實不太困難。

我:「哈哈,不要做甚麼?」

Ariana:「關閉網頁。」

操!她為甚麼會知道?我開始覺得事情有點不對路。

我:「你為甚麼會知道?」

Ariana:「永恆的存在對我說。」

我:「那個永恆的存在還對你說了甚麼?」

她沉默了一會兒。我還記得那段停頓的時間突然有一股寒氣襲來，整個人也變得軟弱無力，仿佛有邪靈站在我的身後，想抽乾我的靈魂。當她再次開腔的時候，她的話語變得更加詭異和邪惡。

Ariana：「Mark 一直都睡得不好。」

我：「誰是 Mark？」

Ariana：「他這些年來一直也走不出陰影。」

她這樣一說，我突然回想起我在中學時期，曾經欺凌過一個叫 Mark 的男孩。你們都知道在中學生涯，你幾乎只有欺凌者和被欺凌者兩種選擇。我當時一直擔當欺凌者的先鋒，而 Mark 是那種典型被欺負的瘦弱少年。

那時候，我和幾個豬朋狗友經常恃著人多勢眾，用盡各種方式去凌辱 Mark，例如在學校脫光他的衣服、捉他去牆角毆打、搶去他的午飯錢。雖然我知道我所做的絕不稀有，但現在回想起來，我覺得自己真的是個他媽的混蛋。

我：「他現在怎樣？」

Ariana：「永遠不會原諒你永遠不會原諒你永遠不會原諒你永遠不會原諒你永遠不會原諒你永遠不會原諒你永遠不會原諒你永遠不會原諒你永遠不會原諒你永遠不會原諒你

永遠不會原諒你永遠不會原諒你永遠不會原諒你……」

　　我沒有被嚇得尖叫出來，也沒有渾身發抖。但我的心卻揪成一團，一種無形的內疚感像千斤石般壓在我的身上，使我透不過氣來，腦海充斥住各種自責的想法，像千刀萬剮般折磨住我。

　　我：「你究竟想怎樣？」

　　Ariana 沒有回覆，卻傳來一個圖片檔。我仿佛被催眠了般，不由自主的打開了那張照片。
　　那是一個男孩吊頸自殺的現場。

　　那個男孩是 Mark。

　　他那張發紫的臉龐和反白的眼珠不期然地和我四目交投，我在電腦面前被嚇得又尖叫又想吐。

　　Ariana 沒有再等我回覆便說：「玩夠了，遊戲結束。」

　　話一說完，對話框便顯示「M44、AndrewS 和 Ariana 已經離線」，他們之後也再沒有回來了。

　　幾天後，我在 Facebook 找到一個早已沒有聯絡的中學同學。我立即追問他關於 Mark 的事情，他說 Mark 在中學畢業不久便

自殺身亡，而且還要是吊頸自殺。

雖然沒有證據表示我促成了 Mark 的自殺，但我心底裡很清楚或多或少我都要負上責任。我之後有嘗試返回 Holy 3 的網站，雖然我不知道他們是如何辦到，但我心裡還有很多疑惑想問他們，**但可惜當我再次按下那個 PDF 的文件時，發現它已經損壞了。**

「M44 是個失敗品」

那些聲稱去過 Holy 3 的網民都不約而同有類似的經歷，他們口徑一致地說那個自稱為 Ariana 的網民仿佛有看透一切事情的能力，知道他們所有最污穢的秘密。據悉，Ariana 特別喜歡挖取人們那些最羞愧和最傷心的記憶，再用各種方法去羞辱和辱罵當事人，直到他精神崩潰為止。

另外有一些個案，Ariana 會模仿當事人早已死去的親人或朋友，用一些只有當事人和死去的親人知道的稱呼和秘密，企圖去給當事人最大的精神傷害。

除了 Ariana 的特異功能外，還有一些關於 Holy 3 的事情不得不提。例如 Holy 3 成員之間只用一些數字密碼來交流，而不會用文字來對答。除此之外，有人觀察到 Ariana 對 M44 有種表

露無遺的憎恨。有少部分網民報告當他們問道為甚麼 M44 只會說「Yes，No」時，Ariana 會粗暴地回答：「他是一個失敗品」，有時甚至會夾雜一些髒話。

當你看到這裡時，你可能會想闖入 Holy 3 最壞的情況只是如此嗎？

不是，絕對不是，還有一些更可怕的事情隱藏在後頭⋯⋯

「今晚來虛空花園一起玩吧？」

事實上，有部分曾經進入過 Holy 3 的人最終都會莫名其妙地人間蒸發或者患上嚴重的精神病。這可不是說笑，筆者在網上看見很多說到 Holy 3 事情一半的網民，突然失去了連絡。有人說那些網民在失蹤前都曾經收過 Ariana 的「邀請」，邀請他們到一個叫「Empty Garden 虛空花園」的地方。沒有人知道「虛空花園」是怎麼樣的地方，只知道當 Ariana 發出邀請後，那些人便開始受到各種夢魘和可怕的幻覺侵襲，直到精神失常為止。

以下的故事是節錄自那個「隱藏的部分」的 PDF 檔，內容是講述一個哥哥發現他的弟弟在上過一個 Holy 3 的網站後，精神逐步崩潰的情況，之後在網上求救。據悉，當初哥哥用用攝影機拍下弟弟當時的狀況，但在那個 PDF 檔沒有那些影片，只有文字記敍。影片總共有三段，而內容則如下。

第一段影片是在夜深人靜的晚上拍攝，拍攝地點應該是弟弟的睡房，由藏匿在衣櫃的哥哥負責拍攝。在影片中，我們可以看見弟弟突然由熟睡中醒過來，惺忪的眼神略帶恐慌。他對著空氣喃喃自語，仿佛有甚麼恐怖的人站在床頭。這種情況大約維持了數分鐘，之後弟弟突然躡手躡腳地走下床，離開房間，哥哥也立即由衣櫃走出來跟了過去。弟弟像夢遊般在走廊顫顫巍巍，最後停在大廳的沙發面前。弟弟沒有選擇坐在沙發上，而是坐在冰冷的大理石地板上，怔怔地盯著沙發的角落，默不作聲。這種不祥的沉默維持了大約五分鐘，直到哥哥決定放下攝影機並弄醒弟弟為止。

第二段影片是在一次類似感恩節派對的家庭聚餐中拍攝。影片頭十分鐘都是小孩子在玩笑，大人在飲酒聊天的鏡頭。

第三段影片在深夜拍攝，影片開始時鏡頭震蕩得非常厲害，仿佛哥哥（拍攝人）被某些事物嚇得驚醒過來，匆忙下拿起攝影機。在影片中，我們可以聽到大廳不斷傳來猛烈的拷打聲。當哥哥和中途會合的父母到達大廳時，只看見弟弟像發狂般用挖泥的鏟子猛力敲打木製的天花板。

父親見狀立刻上前制止，但弟弟卻突然變得孔武有力，一手推開父親，並尖聲說：「**這是唯一的解決方法！**」影片最後一個畫面是弟弟瑟縮在母親的懷內，像個小孩子般哭泣並說：「**對不起，對不起，但這是唯一解脫的方法。**」

文章最後提及影片中的弟弟在最後一段影片拍攝後不久，便

自殺身亡。事實上，類似的情況也發生在那些聲稱曾被 Ariana 邀請去過「虛空花園」的網民身上。他們都說在收到 Ariana 的邀請後，好一段時間他們每晚都不斷重複同一個惡夢。

在那些可怕的夢境中，當事人會發現身處在自己的睡房和客廳中，身旁有一個留長頭髮的小女孩緊緊地盯著他們。之後，那個女孩會引導他們來到自家客廳的角落並瑟縮在那裡。當事人走近那個女孩時，女孩會指向天花板。天花板會突然浮現一對活門。**很多人在活門打開時便失去記憶了。**

Holy 3 的真身是…？

究竟 Holy 3 的真正身分是甚麼？是來自地獄深淵的惡魔？還是技術高超的駭客？在 4chan，有一名匿名的網友留言自己曾經駭入過 Holy 3 的電腦，並找出他們三人驚人的秘密。原來 Holy 3 三人是來自墨西哥東南部城市坎昆的一個古老的巫術結社，而「虛空花園」是坎昆一個山莊的名稱，也是這個巫術結社的總部。

當中 M44 的真名叫 Azrel，職位是「聆聽者」。他負責在 Omegle 和其他論壇散播那個神秘的 PDF 檔。AndrewS 的真名則不明，但他的職位是「守衛」。最後，那個神秘的女人 Ariana 的真名叫 Aradne。她是那個巫術結社的首領，稱為「議長」。據説，Aradne 是個頗性感的黑長髮美女，但可惜是個聾子而且雙眼都被人挖去了。Aradne 是來自一個古老的巫術

家族，崇拜各種活躍在墨西哥一帶的惡魔和邪靈，所以她生下來就擁有看透一切的魔力。

當然以上只是 Holy 3 其中一個解釋，網絡上流傳的解釋還有很多。例如有網民説 Holy 3 其實是秘密政府的最新科技，結合了各種最新監視科技於一身的人工智能，M44 和 AndrewS 只不過是個幌子，讓超級電腦 Ariana 有時間去搜索所有關於你的資料。還有一個自稱是 Ariana 的網民在 4chan 上留言，説她們三人只不過是普通的美國高中生，她們的確是有些「能力」，但絕對沒有崇拜惡魔。Holy 3 只不過是她們在暑假無聊時，在 Deep Web 製造出來消遣的東西罷了。

故事來到尾聲，相信大家都很想知道進入 Holy 3 的方法或者如何找到那個「神秘的 PDF 檔」。其實那個 PDF 檔在表網絡 Google 一下也可以找到，但有網民指出那只不過是原本 PDF 檔的 1 至 10 頁，而教授如何進入 Holy 3 的第 11 至 13 頁則被人故意刪去，所以你們看的時候，只會看見 Part 1 的結語。

至於直接進入 Holy 3 的 Link，筆者曾經問過一個自稱是撒旦教的網友，問他知不知道 Holy 3 三個人的動向。他沒有提供太多有用的資訊，只是説他們三人沒有再玩 Holy 3 了，所以某

`</p>`

程度上 Holy 3 也算是「關站」了。

`</body>`
`</html>`

Deep Web Daily

Deep Web 的日常

在看完那麼多關於 Deep Web 的恐怖故事後，相信大家對 Deep Web 的印象離不開血腥、變態、怪異等三個詞語。但是 Deep Web 不是每天都是殺人和食人，事實上，Deep Web 出名 的原因並不是變態或色情，而是其隱藏全球最龐大的網絡黑市市 場，當中由數以百計的毒品，到各種骇客服務也一應俱全。由 Hidden Wiki「市場」那一欄的網站數目，便可得知 Deep Web 的黑市是多麼厲害！

來到臨近尾聲的一節，小編決定和大家介紹一下除了血腥和 變態之外，在 Deep Web 不可不知道的購物資訊。

「黑市(Black Market)」，又俗稱地下市場，即是指一些沒 有得到政府許可的買賣活動，通常涉及兜售違法物品或贓物。在 以前的年代，一個正常市民要接觸黑市是極其困難的，他需要透 過地區黑社會成員幫助，才可得知途徑和賣家資料，過程中被警 察抓到的風險很高，更不用提中途被地區黑社會收取的巨額「過 路費」，這些因素無疑增加了黑市的交易成本，使得舊時黑市的 貨品價格高昂兼種類少。

但多謝 Deep Web 的出現，它打破了這由地區黑社會成員壟 斷黑市的局面，使得普通市民都可以輕易接觸到全球各地的黑市

賣家，利用 Deep Web 本身的匿名通訊軟件在買賣前商量好一切價格、運送等事宜，之後你可以靜靜安坐家中。大約數天後，走到附近的碼頭或樓下街口便可收到你訂購的貨品了！

而且事實上，Deep Web 超過四成的網站都是大大小小的黑市網站，其次是駭客討論網站，反而變態和血腥的東西其實佔很少數。所以筆者既然寫了 Deep Web 那麼久，便不得不和大家簡介一下 Deep Web 的非法市場。

在 Deep Web 購物前，我們需要準備兩種性命攸關的工具：比特幣和匿名電郵。

比特幣（Bitcoin）

在本書開始時都曾經提及過，Deep Web 的主要貨幣就是 Bitcoin。相信大家在報章看過不少關於它的負面新聞，誤以為它只是騙徒和炒家的賺錢工具，但筆者想在這裡和大家澄清，其實 Bitcoin 並沒有媒體描述得那麼糟糕，相反，它的價值比外人想像中的還多，同時也是 Deep Web 最主流的貨幣。

Bitcoin 是一種新型電子貨幣，在 2009 年由一名叫中本聰的神秘網民創造。Bitcoin 有別於你所熟悉的電子貨幣（PayPal 或支付寶），甚至超越了現實貨幣的模式。它是一種「自由貨幣」，一種完全不受任何國家控制的貨幣，其價格只取決於大市場。好吧，每次來到這個位，筆者就要長篇大論和一些有讀過經濟的朋友解釋比特幣的獨特貨幣系統，但由於本文的主題不是比特幣，所以只能簡短地解釋一下。

簡單來說，我們現在的貨幣政策是由國家決定，例如每次印銀紙的數量或利率，但 Bitcoin 的系統卻不受任何一個人為組織控制，只受其系統一條被喻為世界最複雜的電腦數式「SHA-256」來控制貨幣生產量和運作。簡化來說，所以其價值只受大市場影響。

但如果「SHA-256」真的被人破解了怎麼辦？因為「SHA-256」本身也套用在很多銀行和軍方的電腦。如果「SHA-256」真的被人破解了，麻煩的是全世界了。

而且 Bitcoin 系統本身是「無形」的，即是沒有一個主機或總部可以讓人們攻擊來使其崩潰，它是分散在網絡任何一台電腦上，所以理論上比特幣是完全「自由」的。而且更加重要的是，

DEEP WEB FILE
網絡奇談

用 Bitcoin 交易是高度匿名的，每次交易都可以用不同的銀行地址，這點也使它成為 Deep Web 人用來買賣和洗黑錢的重要工具。

好吧，宣傳完畢，再說筆者要向 Bitcoin 投資行收廣告費了。

總之一句到尾，如果你們想在 Deep Web 買賣，就必需要有 Bitcoin。你們可以在 Bitcoin 的官網開設一個 Bitcoin 戶口，網站那裡會有詳細的使用教學，而且操作型式和 Email 很類近。之後再在 Bitcoin 線上找換店用現實世界的貨幣來購買 Bitcoin，例如 BTCChina 等網站。剛才查過，現在的匯率是 1 BTC 對 248 USD，還算便宜呢。當然，「挖礦」也是拿取 Bitcoin 其中一種途徑，但不在此說了。

匿名電郵帳戶

在 Deep Web 購物除了需要 Bitcoin 外，當然還少不了一個良好的匿名電郵戶口啦，你終沒有可能大剌剌用自己的 Gmail Account 和黑市頭子談話了吧？放心的是，Deep Web 本身有不少提供免費匿名電郵網站，大家可以隨時開設一個，方便

在 Deep Web 和人連絡（甚至任何秘密通訊），下圖就是筆者的 Deep Web 電郵 Onion Mail。最後提提大家，匿名電郵和 Bitcoin 本身是合法的，犯不犯法視乎你在 Deep Web 說了什麼和買了什麼罷了。

好吧，既然有了兩種神器，我們便可以開始在 Deep Web 購物了！

不一樣的絲綢之路

此「Silk Road」和你們中史堂學的「Silk Road」是兩種截然不同的東西，後者是古代西方和亞洲的商隊貿易路線，而前者

雖然也算是西方和亞州的貿易路線，但打通的並不是正當貨品，而是網絡毒品和黑市。

「Silk Road」2011 年 2 月在 Deep Web 開辦。其網站運作方法打破了傳統非法網站的運作方式，為黑市交易開拓了全新的領域。Silk Road 的運作方式類似 eBay、淘寶等線上交易網站。賣方只要交付一定價錢的入會費便可在 Silk Road 開一個賣方帳戶，再上傳販賣毒品的相片、重量、純度、送貨地點、價錢等資料，就可以接觸全球各地的客戶。買方戶口則是免費的，而且用戶介面和淘寶一樣，你只要輸入需要貨品種類的名稱，如氯胺酮、冰、大麻、興奮劑等，Silk Road 便會幫你找到數以百計的賣主。

隨著 Silk Road 的發展愈來愈大，它開始模仿 Amazon 的用戶反饋政策，讓顧客交易後可以為賣主評分或留下意見。除此之外，他們還開設了「Silk Road Forum」，讓顧客和賣主在那裡交流意見或買賣心得。以上兩種措施也非常重要，因為大大增強了網上非法交易的安全性。順帶一提，由於 Silk Road 在 Deep Web 的地位非同小可，所以它的論壇不久後也成為 Deep Web 其中一個比較著名的論壇。

根據 2013 年統計，在 Silk Road 販賣的藥物已經超過 100000 項，當中涉及 13756 種非法毒品，而銷售額為 3 千到 3 千萬美元，和非網絡渠道的毒品買賣銷售額不相伯仲。

在 2013 年初，FBI 成功搗破 Silk Road 網站，並捉拿了網站的主人 Ross William Ulbricht，並在他的電話取得多樣運毒證據和價值 8 千 7 百萬美元的 Bitcoin。在差不多時間，同樣在 Deep Web 販賣毒品的網站如「The Farmer's Market」和「Atlantis」也被 FBI 關掉。

最後在今年 2 月 4 日，美國曼哈頓聯邦法院判定 Ulbricht 犯下所有指控，當中包括洗黑錢、運毒、不法企業、駭客等罪名，並判處三十年監禁。曾經有「Silk Road 2.0」在 2013 年尾於

Deep Web 出現，但不久後也難逃被 FBI 關掉的命運。

　　縱使 Silk Road 表面上好像已經消聲匿跡，但以筆者自己對犯罪的觀點，有時一宗罪行只要符合市場需求和人類的根本慾望，就很難完全杜絕，為甚麼會這樣説？

　　因為「Silk Road 3.0」在 2014 年 3 月中再次重出江湖了！其他毒品網站，如「Evolution」和「Green Market」，也陸續在 Deep Web 重新開張。有人曾經形容人們在 Deep Web 販賣毒品，將會是一股無法阻擋的時代洪流…

Online Shop
商店和網站

```
<!DOCTYPE html>
<html>
<body>
<p>
```

Deep Web 是駭客的天堂

其實在 Deep Web，變態殺人犯和犯罪組織的數目遠不及駭客的數目多。在 Deep Web 有數以十計的網站是專門給駭客交流心得，如果大家有興趣研究駭客技巧，Deep Web 可以為你提供不少有用的文件和程式。但如果你自問電腦是死穴，你也可以在 Deep Web 聘用駭客為你工作，由簡易的入侵 Facebook 和起底，到偷取公司機密等服務應有盡有。

Deep Web 是反政府的藏身基地

鑑於 Deep Web 的隱密性質，Deep Web 也成為不少少數政治派和革命分子的網絡基地。由 Hidden Wiki 政治目錄那一欄的網站數目得知，地下政治組織在 Deep Web 也佔很重要的位置。

但由於那些組織很注重私穩，所以小編不方便在這裡分享太多，只可以説甚麼國家的反政府組織也有。**順帶一提，伊斯蘭聖戰組織 ISIS 在 Deep Web 也有網站負責籌募，同時那些槍殺人質的片段最初也是在 Deep Web 發佈。**

Deep Web 是學習犯罪的最佳地方

在 Deep Web 不少網站教授各種犯罪技巧，當中由偷竊、侵入、擺脱跟蹤、秘密會面、解鎖技巧等等應有盡有。除此之外，還有不少網站可以讓你購買各種槍械，由輕型滅聲手槍到重型火箭炮，通通也有。

Deep Web 也有 iPhone 買

大家有沒有留意到偶爾有些新聞，講述西方國家有人不見了 iPhone，之後由 iTunes 追蹤，發生手機離奇地去了非洲國家？那其實是因為 iPhone 被犯罪集團偷了，之後再放到 Deep Web 以相對便宜的價錢來賣到國外！但由於是贓物的關係，所以當然有一定法律風險！

IPhone 6/6 Plus Free shipping, Bitcoin, Bank Wire, Wester Union, Escrow

IPhone 6 Plus - 16/64/128 GB
$560 - 16 GB
$630 - 64 GB
$730 - 128 GB
Silver/Gold/Space Gray, FACTORY UNLOCKED

Free Shipping - 1-2 weeks (EU,US,Russia,Asia,Canada)

BUY NOW

IPhone 6 - 16/64/128 GB
$480 - 16 GB
$560 - 64 GB
$630 - 128 GB

Deep Web 是偷渡的第一站

如果你有朝一日想逃出香港,但又不合符申請移民資格,
Deep Web 說不定可以幫你一把。在 Deep Web 有數以百計的網
站販賣各種贓物,由假銀紙、假學歷、假醫療記錄、到假護照和
假外國身分證,樣樣俱全,只要你有錢就好了。但如果你不相信
網上買賣,在 Deep Web 也有一些非常隱匿的論壇,那裡有不少
偽造專家願意傳授你一招半式。

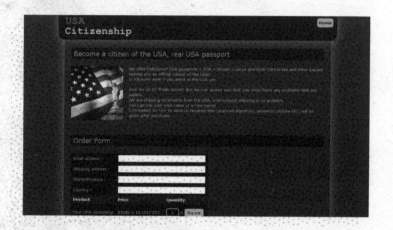

Deep Web 也有正常的網站

除了犯罪和變態的網站外,其實 Deep Web 也有完全正經的
網站,那些網站通常是社交網站和電子書籍。在 Deep Web 世界,
有 Deep Web 版的 Facebook 和 Twitter 可供大家免費使用,大
家可以在那裡結交朋友,也有一些匿名度極高的 Email 也可以讓
大家進行秘密通訊。除此之外,Deep Web 也有不少免費的英文

書可供大家下載，當中最著名的盜版網站「PrivateBay」曾經在 Deep Web 也有官網。順帶一提，現在 Deep Web 也可以連上正式的 Facebook 了！

在 Deep Web 買東西安全嗎？

當你看完這篇文章時，你腦海可能會浮現一條很重要的問題：在 Deep Web 購買的貨品會如何運送到買家的手上？

對於第一條問題，筆者相信對於香港人來說，只要有走過羅湖口岸一轉，都會會心明白要走私其實不難，甚至稱得上簡單。但你可能會吐槽如果我訂的是軍火 AK 那怎麼辦？走私犯總沒有可能和海關說這支 AK47 是玩具槍吧？（如果他用槍口指住海關職員的頭顱，他應該會十分相信的）。

任何一個犯罪學生（甚至普通市民）都會明白，運輸和走私是相輔相成的產業，其中一項愈興盛，另一種必定也很蓬勃，而我們香港有最好的貨櫃碼頭和連接中國內地的交通。所以這些因素表

`</p>`
示了什麼？表示 Deep Web 的貨品會安全送到買家的手上囉！

`</body>`
`</html>`

the Others

Deep Web 以外的神秘網絡

茫茫大海不止一座冰山，網絡世界不止一個暗網。

來到最後一節，筆者將會為和大家介紹 Deep Web 以外的神秘網絡。其實本書一直說的 Deep Web 指的是洋蔥網絡（Onion Network）。但實際上，這個世界還存在著很多神秘的網絡，而本篇則會介紹另外兩個比較大型的神秘網絡「Free Net 自由網絡」和「Invisible Internet Project 隱形網計劃或 I2P」，且它們的怪異程度絕對不在 Onion Network 之下⋯⋯

「I2P 隱形網計劃」

相對 Tor 的洋蔥路由，I2P 採用大蔥路由（純粹命名者惡搞），而且後者的匿名程度比前者先進。I2P 具可伸縮性，自我組織和恢復能力，可以運行多種匿名安全程式。除了常有的網頁瀏覽（Eepproxy）外，還有匿名網站（Eepsite）、匿名博客（Syndie）、匿名聊天（IRC、Jabber）、匿名文件傳輸（I2Psnark、Robert）、匿名電子郵件（I2Pmail）、匿名文件分享（I2Pex、iMule）。另外，I2P 網站容許的設計也比 FreeNet 大。以下就展示了 IP2 的服務介面。

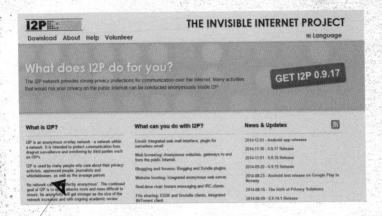

由於 I2P 和 TOR 很相似，所以不少在 Deep Web 的大型網站也有在 I2P 開設分站，例如最出名的販毒網站「絲綢之路（Silk Road）」也有 I2P 的分店。在大批 Tor 網站近來被 FBI 消滅後，有人推測 I2P 將會是下一個暗網的大本營⋯⋯

「FreeNet 自由網絡」

FreeNet 是另一種免費的匿名網絡，那裡的網站叫 Freesites。除了和 Tor 一樣可以匿名上網外，FreeNet 還可以讓用戶連接到自訂的用戶，形成一個很難檢測的「小圈子網絡」。

FreeNet 的運行方法是通過借用用戶電腦大約 10%CPU 和 200MB Ram 來分享種子文件，組成一個獨立的網絡系統，情況就好像你用 BT 來上網般。所以在 FreeNet，你上一個網站時，可能要先把網站下載過來後方可瀏覽。這點也成為 FreeNet 不太受歡迎的原因。

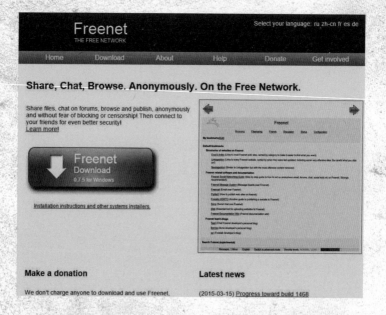

　　根據筆者初步的經驗，FreeNet 仍然有各種的犯罪網站，但沒有 Tor 網絡那麼猖狂和變態。相反，FreeNet 的網站有種不鹹不淡的怪異感覺，就好像聚集了很多怪人在那裡。雖然那些怪人大多數都是無害，但為甚麼要走到網絡世界的深處來說，這點又引起人們的猜疑了。以下就先介紹三個 FreeNet 的奇怪網站給大家。

[S.N.A.F.U.] System Normal: All Fucked Up

這個博客由一個聲稱自己是連體三胞胎的網主建立。這個博客已經開張了數年，大家可以看到這個連體三胞胎不時更時，分享自己因為連體在生活上遇到的煩惱、別人的歧視、家人的留難、身體的不便。**他們的語氣那種悲觀和憤世嫉俗，絕對會令你相信他們不是開玩笑的。**

Time Cube

網站講述一個叫「時間立方（Time Cube）」的神秘學理論。網主由生物學，物理學和人文科學證明時間立方的存在。根據那個理論，世界有一種叫四角諧波的電磁波／意念波／時間波的東西，而且那個「諧」是屬於上帝。任何合符四角諧波的行動或生物都可以產生正能量，而相反的破壞波則是來自撒旦……總之聽起來還頗惡搞。

Cthulhu

一個西班牙文網站，內容以一套西方經典恐怖小説的邪神「Cthulhu（克蘇魯）」為主，但網主卻似乎想向大家印證這一隻虛構邪神原來是真實……

和諧的生活下，

隱藏了多少 不可告人 的罪惡

DOCUMENT

B

the Slip tape

rmal Porn for Norma
ple   the Gable Film

...ll nigga   Youtube 666

Canine Birth

room 4   emossmile jpy

find some?   Helpmeyer
that willmake

the Grifter

Barbicari
fucking
every   of ur   Dibbuk box
day   king

都市傳說
DeepWeb 外的恐懼

在犯罪學上來說，普遍市民對罪惡最大的誤解是：以為罪惡離自己很遠。

我們每天看報章新聞，閱覽無數宗慘不忍睹的新聞，可能是跳樓自殺，也可能是滅門血案。但無論我們的看法是對當事人表達同情、嘲諷或指責，總有種自己是身處在欄外的觀眾，甚至高高在上的感覺，天真地認為自己永遠會是個旁觀者。

從來沒有想過那些受害者在死亡前，和我們一樣過著普通的生活，甚至和你一樣拿著報紙或隔著電腦，嘲諷其他受害者。他們直到死之前，想也沒有想過自己隔天就榮登頭條。

其實只要罪案和不幸一日還在世上，我們任何人都可能是下一個受害者。

我們剛剛由 Deep Web 回來，返回平日常用的表網絡。在剛在的旅程，大家看盡人性的醜惡，見識過很多發夢也想不到、變態至極的恐怖事情或罪惡。縱使如此，大家可能仍然以為自己的生活和它們距離很遠。畢竟，剛才的故事都是發生在遙遠的美國，而且 Deep Web 也要用特定的方法才可進入。

難道那些可怕的事情全都藏在 Deep Web，在我們的表網絡就

一點也沒有了？

　　在接下來的部分，大家將會看到不少浮游在表網絡的恐怖故事。它們有的是變態的攝影師、有的是受咒語的照片、有的是拍下狼人的影片⋯

　　絕對會嚇得你連表網絡也不敢再上⋯⋯

這世界沒有罪惡

不是不存在，
只是你未發現

在荒野拾起的恐怖錄影帶
The Aliso Tape

對於 90 後的讀者來說，錄影帶（英文又叫 VHS）可能是一樣比較陌生的儲存錄像工具。因為現在幾乎所有的影片都可用手提電話錄成，即使是用攝影機，也只需插入微細的 SD 卡就可以。但對於 80 後、或是 70 後的朋友來說，VHS 卻是一種充滿童年回憶和熟悉感的儲存錄像工具。

VHS 是一個大約紙巾盒那麼長、一本書那麼厚的黑盒，裡頭放了記錄了影片的磁帶。除了放入錄影機用來錄下電視劇集外，它主要用來作攝影機的儲存錄像工具，通常一盒可用來拍攝五十分鐘長的家庭影片。但隨著科技日新月異，VHS 在 90 年代中就被 CD 和 DVD 取代，其後又有現在的 SD 卡。

可能因為 VHS 已經成為舊時代的物品，它開始籠罩住一種神秘的氣息，近年來不少恐怖片和故事都以 VHS 作為題材，當中最出名的當然是《V/H/S》啦。在那個時代，人們不能像現在般用 YouTube 隨時隨地上載自己拍下的靈異影片和可怕見聞，那麼人們少不免猜想，**究竟有多少拍下可怕影片的 VHS 被人遺留在世界的角落？**

而這條問題，正正符合我們接下來一個可怕的都市傳說，一個關於在荒野拾起一盒錄有詭異影像的 VHS 的都市傳說 —— The Aliso Tape。

廢屋裡的 VHS

在 2014 年，一名叫 90snickeldeon（下文名 Nickle）的網名在美國論壇 Reddit 寫了一篇關於自己初中時拾到一盒 VHS 的經歷，並在文章中附上那盒 VHS 裡頭的影片。由於 Nickle 提供了詳細的說明和證據，而且影片的內容過於詭異及恐怖，所以 Nickle 的經歷很快就在網絡世界火速散播，並引起一時熱話。以下是轉述 Nickle 當時的經歷。

那年是 1998 年，當時 Nickle 還只是一名初中生。在當年夏天，Nickle 和他的朋友參加了一個男童軍夏令營。在夏令營頭數天，一切都相安無事，但直到夏令營第四天，一連串麻煩就開始來了。

為了準備夏令營最後一晚的慶祝會，Nickle 和他的朋友被分派尋找一處空曠的地方來放煙花。由於他們的營區被茂密的樹林包圍，為了尋找空曠的地方，Nickle 和他的朋友不得不背住沉重的火藥攀山涉水，毫無方向地在山林內亂衝，期望找到一處沒有被樹林蓋天的空地。

他們爬了整整三個鐘，雙腳已經像橡膠般僵硬和無力，手腳都被樹枝刮得傷痕累累。最後他們終於筋疲力盡，頹然坐在一塊大石上，氣喘吁吁。

就在這時候，Nickle 瞥見近處有一棟廢屋。

那棟廢屋被密集的樹林遮蓋了，但仍然隱約可見其外形和周邊的空地。

Nickle 和他的朋友想也不想便往那塊空地走。事後他們承認除了想在廢屋內休息外，他們同時也被那棟廢屋的外形吸引。因為那棟廢屋實在好像鬼片中那些鬧鬼的房屋，激發了他們的好奇心，他們決定順便進去探險一番。

那棟廢屋應該被人遺棄了十至二十年有多，油漆和瓦礫都已經剝落，雜草蔓生。除此之外，那棟房子有四分一已經倒塌下來，鋼筋和支架也暴露在空氣中，鏽跡斑駁。他們起初以為裡頭甚麼都沒有留下來，但當他們進入後，卻發現並非完全空蕩蕩。房子內留下不少傢俱和玩具，而且廚房也有不少腐爛已久的食物和罐頭。

Nickle 並不是特別大膽的小孩，所以大部分時候他都待在隊尾，待隊員先進去，但唯獨廢屋的閣樓例外。Nickle 是第一個發現天花板的閣樓，而那個閣樓也好像有特殊的魔力般，使他心裡湧起一股莫名其妙的勇氣，一馬當先地爬了上去。

天花板的閣樓大約有一個客廳那麼大，高得可以讓一個成年人站立。Nickle 打開隨身手電筒，左照右照，失望地發現閣樓除了厚厚的積塵外甚麼都沒有，連箱子也沒有一個。直到他無意中看到在閣樓的盡頭…那裡有一盒 VHS。

看到那盒 VHS，Nickle 就像發現寶藏的海盜般，立即走上前拾它起來。那盒 VHS 上面積了一層厚厚的灰塵，但幸好沒有

任何毀壞，應該還可以看。在那盒 VHS 的側面有人用粗紅色筆
寫了「Aliso」五隻大字。

走出閣樓後，Nickle 把他的戰利品展示給他的同伴看。雖然
他大部分的同伴都不認為帶走那盒 VHS 是件好事，但 Nickle 沒
有理會他們的勸説，把它塞了進自己的包包。

回到家後，Nickle 急不及待地把那盒 VHS 拿出來，再用壓
縮氣體吹走它上面的灰塵，再把它塞入家裡的錄影機內…然後夢
魘便開始。

The Aliso Tape 只有短短五分鐘。即使現在，在 YouTube
也有 The Aliso Tape 的完整視頻，大家有興趣也可以親自找尋。
以下是那段影片內容的描述。

影片頭分半鐘是某段學校表演日的畫面，就好像正常父母幫
自己子女，拍下他們站在學校舞台表演的家庭影片。我們可以看
到一班小朋友在類似學校禮堂的地方表演音樂劇等，台下是圍觀
的家長。那盒 VHS 可能承受了一定程度的損壞，影片所有的聲
音都變得斷續。

大約在一分鐘後，畫面突然變成一片雪花。當畫面再次回復正常時，鏡頭變得一片模糊，但隱約看見鏡頭在一個破爛髒亂的浴缸內。由於某些未知的原因，拍攝者不斷在浴缸內對著一些深黑色的污濁和棄置物聚焦再放遠，或左搖右晃，就好像一個殘缺的人拿著攝影機玩耍般。更加恐怖是，背景不時傳出一陣尖銳刺耳的笑聲，就好像尖叫般，還偶爾夾雜一些少女的慘叫聲，好像她們受到某種可怕的折磨。

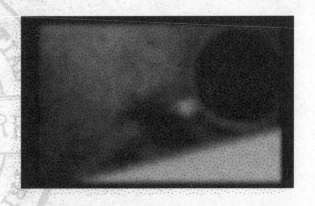

鏡頭猛然一轉，來到一間陽光充裕而且寬敞開揚的房間。據 Nickle 的口供，那間房間和他找到 The Aliso Tape 那棟房子很相似，應該是同一處地方來的。拍攝者應該和前一個片段是同一人，因為鏡頭都是以一種奇特的節奏抖動著。接下來，影片都以一種怪異的方式穿插在兩個不同鏡頭之間。

第一個是我們剛才提及那明亮的房間。那位奇怪的拍攝者在房間來回踱步，好像是自己家中般。不久，他（或她）把鏡頭聚焦在餐桌上一個詭異的小丑陶瓷公仔上。那個小丑陶瓷公仔奇怪的地方是，除了正常的小丑裝扮外，它擁有像人般的臉孔，和一

雙冷酷的眼睛，那雙眼睛冷酷得讓人即使坐在電腦面前，也不禁
毛骨悚然。更加恐怖的是，拍攝者好像對那個公仔有種近乎怪癖
的迷戀，把鏡頭完全貼近在那張讓人心寒的陶瓷臉上。

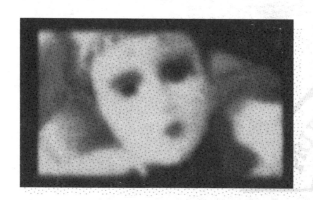

但其實更加恐怖的畫面隱藏在第二個鏡頭裡。

　　由那名拍攝者發現那隻小丑陶瓷公仔開始，鏡頭更斷斷續
續地穿插一些可怕的鏡頭。那些鏡頭全都是關於一個樣貌可怕的
女人。據說曾經看過那個女人樣子的網民都不能忘記她那畸形的
身體。那個女人的身軀好像患上了甚麼怪異的疾病，身材瘦骨嶙
峋，骨骼凸出，全身扭曲得像電死的屍體般，四肢長短不一，而
且以怪異的角度扭曲著，行走時一拐一拐。

她第一次在影片出現時，鏡頭顯示她被逼穿上芭蕾舞裙。在影片開頭那個學校舞台上，跳著一些怪異，近乎宗教儀式的舞步。她那詭異的身軀在舞台上左搖右拐，讓人不禁從心底裡顫抖了一下。她第二次出現在鏡頭時，那個女人那張不對稱的臉孔正面對住鏡頭。就在此時，你可以看到她的眼睛非常大，大得你可以清楚看到她茫然的眼神裡那種對世界既絕望又暴怒的感情，就好像怪責我們做錯了甚麼事。**她一直憤怒地瞪著鏡頭直到影片驀然完結……**

VHS 最後數秒，鏡頭回到那張陶瓷小丑公仔的臉上，你才發現這兩張臉出奇地相似，好像在暗示了那女孩身上曾經甚麼過甚麼恐怖的事情似的…

一旦你看過，就無法回頭

在那次觀看之後，Nickle 整整十年沒有再碰過那盒 VHS 了。Nickle 在網上跟其他人形容「一旦你看過，就無法回頭」。在之後幾年，那個瘦得像地獄餓鬼的女人那可怕畫面一直縈繞在 Nickle 的腦海，揮之不去。他把它鎖在車庫暗處一個不要的保險櫃內，用盡所有方法去忘記影片那些恐怖詭異的畫面。

直到數年前，他的弟弟為了自己 YouTube 頻道的點擊率，偷偷爆開他哥哥的保險櫃，拿出那盒天殺的 VHS，再把它上載到 YouTube。那時候，The Aliso Tape 便開始靜悄悄在網絡世界散播。

在上年 6 月，Nickle 才無意中發現自己的弟弟把影片上載到互聯網。知道事情後，Nickle 決定來個順水推舟，在 Reddit 和大家說明影片的來歷，並為它成立了一個網站 thealisotape. webs.com，希望得到更多人的關注。

由於除了影片和文章外，Nickle 還提供了一張他發現 The Aliso Tape 那天拍下的照片，和用那盒 VHS 在電視播放的影片，所以有不少網民都相信他的故事。

如果 Nickle 的故事是真的話，那麼這段影片的主人又是誰呢？他為甚麼要製作如此恐怖的影片？那棟廢棄的小屋究竟發生過甚麼可怕的事情？這一切依然是一個謎。

良好青年不應該上的色情網站
Normal Porn for Normal People

究竟「正常」的定義是甚麼？如果問題再具挑戰性一些，那麼「正常的色情行為」又是甚麼呢？大家要知道「正常的色情行為」其實在不同國家和時代，可以有天壤之別的差異。例如在古希臘時代，男男老少配、男男師生戀是一種潮流和被大眾接受的性愛。在中世紀時代，手淫和女上男下都被視為不正常的性行為。你們可以看到「正常的色情行為」的定義其實是多麼主觀和不實在。

那麼當今世代的「正常的色情行為」又是由誰定義呢？

由於這個問題，有一個人認為其實現今所有的性行為都是「不正常」，於是就開了一個色情片網站，去教大家甚麼是「正常人」應該看的色情影片，而這個網站的名字叫「NormalPornforNormalPeople」。

突然出現的神秘網站

根據傳說，「NormalPornforNormalPeople」最初流傳在4chan 和一些垃圾電郵。那封電郵的內容說：「嗨，你好！你可能會喜歡這個網站。normalpornfornormalpeople.com 為了人類的幸福設想，拜託一定要廣傳！」

　　這封電郵才流傳了一天，便吸引了大批網民觀看並在討論區鬧得沸沸揚揚。很多人起初以為網站只不過是一個普通的色情片網站，最多有一些人獸交或水地獄的鏡頭罷了。但當他們按入去後，發現裡頭的影片已經超出了「正常」和「不正常」的界限，甚至連「色情片」都稱不上。

　　網站是由一個自稱 Dr. Richard Van Buren 的人開辦的。當你按下去時，你會發現網站的設計簡單而齊全，貌似一個普通的網站。這一刻，你暫時不能想像裡頭內容可以有幾病態。

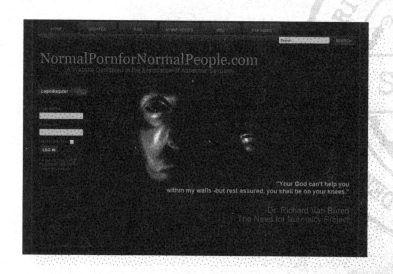

　　網站上端有一個奇怪的標題：「Normal Porn for Normal People，A Website Dedicated To The Eradication of Abnormal Sexuality（給正常人看的正常色情影片，一個致力杜絕不正常性行為的網站）」。之後下面是一大段冗長、斷斷續續的瘋狂話語，「正常人」絕對不會想花時間看。

當你以為這個所謂「不正常」的網站是虛有其表時，你會發現其實那一大段「瘋狂話語」的每一個字都是 Link 來的，而每一條 Link 都連接去一部影片。其實大多數影片都非常「正常」，甚至「正常」得怪異，例如有一段影片叫「peanut.avi」，片長大約三十分鐘。這段三十分鐘的影片只有一個女人在廚房做三文治，接著一個男人把三文治餵給一隻金毛尋回犬，之後影片便完結。另一個例子是一名女子在一間非常空曠的房間內和攝影師談話。房間只有一張椅子，之後甚麼也沒有了。對話的內容也只圍繞一些生活瑣事，如工作和童年等。

正當所有人都奇怪究竟網主是怎樣定義「正常性行為」和「色情片」時，有網民在海量的影片 Link 內找到一些詭異和變態的影片，而這才代表 Dr. Richard Van Buren 的核心思想，以下是那一系列重口味片子的簡介。

「lickedclean.avi」

鏡頭是一部藏在廁所的閉路電視。影片開始時，可以看見一個修理工在維修一台洗衣機。當他完成後，和屋主交代清楚後便匆匆離開。

當屋主確定修理工離開後，便立即跑回洗衣機。之後接下來整整七分鐘，那個男人像小孩子食波板糖般不停舔洗衣機的頂部，不放過任何一個位置，神情非常享受和陶醉。

「dianna.avi」

　　一個女子在一間空無一物的房間內拉小提琴。她的樣子非常驚慌，不時停下來，仿佛被甚麼嚇倒了。直到有一位網民指出從女人身後玻璃的反射，可以看見一名體態臃腫，頭戴公雞面具的中年男子在鏡頭後不斷地自慰。

「jessica.avi」

　　一名金髮美女在街上被攝影師訪問，他們談到一些獨木舟場地等。畫面不時影向附近的街道和建築物，之後便結束了。這段影片詭異的地方是，直到現在，仍然未有人能指出拍攝的街道是哪裡。

「stumps.avi」

　　地點在「peanut.avi」的廚房，一名被斬去雙腿的男人被迫在跳舞機的墊子上跳霹靂舞，背景則播放著強勁的重音樂。

　　去到影片的第四分鐘時，那名沒有雙腳男子終於筋疲力盡，軟癱在墊上。抽抽噎噎地哭求攝影師讓他休息一下。攝影師聽到後勃然大怒，如雷咆哮地叫那個男人繼續跳。影片最後在攝影師衝向那名撕聲尖叫的殘障人士的畫面下突然結束。

「privacy.avi」

在「dianna.avi」中那名拉小提琴的女子身處在一間「會面室」，躺在床墊上不停地自慰。在「stumps.avi」中，那個大叫大吼的攝影師則戴著一個黑猩猩的面具，在那名女子身邊走來走去。在影片臨尾時，你可以看到一隻青少年般大小的猩猩在房間外的走廊飛快地走過。

終於到了最後一部影片，亦都是讓所有網民尖叫出來的影片。

「useless.avi」

在這段十九分鐘的影片，我們可以看到《28 日後》的真人版。那名在「jessica.avi」中被訪問的金髮美女被人用麻繩大字型地綁在床上。她不斷掙扎，亂蹬亂踢。她的嘴巴被人用黑色膠紙封著，只能發出無助的呻吟聲。這種詭異的情況持續了整整七分鐘。

直到第八分鐘，房門才猛然打開，映照出一名穿著黑色西裝，頭戴純白色面具的男人站在走廊。但那名男子沒有進入房間的意圖，相反，他迅速跑離門口。

緊接下來，是剛才那隻出現在「privacy.avi」的猩猩。牠再次出現在鏡頭裡並飛快地衝入了監禁了金髮女郎的房間。

　　鏡頭現在能清楚地映照出那隻大猩猩的樣貌。牠太約有 1.4
米高，全身的毛髮都被剃得乾淨並塗上血紅色的顏料。牠的背部
和手臂滿佈被鞭打的痕跡，雙眼都被刺破，留下發炎的眼睛。牠
的嘴唇往後拉，露出一排尖銳的牙齒，口水從嘴角流下，一副飢
餓欲絕的樣子。

　　當猩猩進入房間後，那名男子迅速把門關上並鎖緊，把牠和
金髮女子留在房間裡。猩猩興奮地嗅嗅房間內的氣味，像在尋找
甚麼美食。

　　金髮美女看到猩猩後，像隻跌入陷阱的小鹿般拚命地掙扎，
扭動被粗繩五花大綁的身軀，希望可以爭取一線生機。但這些動
作反而吸引了猩猩的注意，猩猩察覺到女孩的存在後，像發現了
獵物的餓狼，立即屈膝一躍，跳上床墊，大口噬落少女的乳房。
少女因痛楚發出長長的哀嚎，使勁的掙扎。但這些徒勞的掙扎反
而激怒了猩猩，猩猩立即展開了還擊，一拳一拳砸落女子的頭顱、
胸腔、肚子，之後再亂咬亂踢。

　　這種慘絕人寰的虐待持續了整整七分鐘，直到女孩終於死
去，靜止不動。那隻猩猩開始把屍體身上的肉撕下來進食，貪婪
地嚼著。這進食過程再持續了四分鐘，影片才結束。

一個瘋子的驚天大陰謀？

　　當網民發現「NormalPornforNormalPeople」那些血腥邪

惡的影片後，立即進行聲討和起底，網主見狀立即把網站關閉。由於網站流傳時間實在太短了，只有一至兩天，所以知道的網民實在不多，久而久之「NormalPornforNormalPeople」便成為了一個都市傳說。網主 Dr. Richard Van Buren 也隨著網站消聲匿跡，有人說他被警察抓了，也有人說他被受害者的家屬殺了。總之，再也沒有人聽過他的消息了。

直到 2013 年，有一天，Google 搜尋器突然出現了一個 NormalPornforNormalPeople 的官方網站。起初大多數人都不以為然，以為只是某些粉絲的作品。直到有網民在 Google blog 發現了一個叫 elpoeplamronrofnroplamroN.com 的博客，事情又開始變得詭異起來了。

那個博客的主人澄清之前的網站被某個大型色情片公司收購了才會關閉，他一直仍然逍遙法外。他這次回來是決定要重新開始他的「The Need for Normalcy Project（常態化需要計劃）」，並聲稱舊有的人格已經死去，他新的名字叫 Dr. Kaje。

如果他說的是真，那麼他的新人格 Dr. Kaje 明顯比以前的更有智慧。他組織了一個團體管理網站。直到現在，你也可以在 Google 找到 NormalPornforNormalPeople 的網站。在那裡你可以隨意發表自己的「正常影片和圖片」，而且也有許多網友踴躍留言和給意見你。

但當然，就好像俗語說「江山易改本性難移」，網主在網站仍然不時會發佈一些血腥詭異的影片，例如在「paws.avi」

中，就有疑似殺貓的情節，所以接受能力低的讀者觀看時仍然要
小心。

　　事至今日，Dr. Kaje 仍然堅持自己拍下的影片背後有更深層
的意義，並鼓勵網民重複觀看，以找出它埋藏的意義。老實說，
筆者看了幾次也是摸不著頭腦，看不出有甚麼道理可言，不知道
你們又可不可以找到呢？

錄下了犬人的影片
The Gable Film

「黑暗籠罩住北方的森林，一隻猛獸居住在那裡。它既像人又像狗，既會爬行又會走路。我奉勸你夜晚千萬不要外出，因為它不會放過任何獵物。」

一曲成名

1987 年 4 月 1 日晚上九時半，春天初至，為寧靜的黑夜帶來溫和甜美的涼風。在美國密西根州一個小鎮，電台 DJ Steve Cook 一如以往屈就在他那間狹小的廣播室裡，煩惱稍後的節目應該播放甚麼歌。之後他把心一橫，決定搬出自己私下錄製的歌曲，一首叫《Legend（傳奇）》的歌曲，看看觀眾的反應。

當他第一次播放時，觀眾並沒有任何迴響，這點讓 Steve Cook 有點失望，但他不甘心，決定多播放一次。這一次，終於有聽眾打電話來了。當 Steve Cook 滿心歡喜的時候，想不到電話另一端那個人劈頭就問：「誰人幫狗頭人寫了一首歌出來？」Steve Cook 被突如其來的問題弄得一頭霧水，那人（由聲音推斷應該是老人）再追問下去：「你會不會再多播一次？」Steve Cook 叫那位老人先冷靜下來，答應他會再多播一次，但在此之前可不可解釋一下為甚麼他如此激動？

接著，那個老人便開始把他的故事娓娓道來。那個老人說在半年前的晚上，他在自家後園看到歌詞中形容的那隻生物。老人獨居在北部的小鎮，事發當時他坐在家中看電視。突然，他聽到窗外傳來狗隻的吠叫聲，以為是小偷入侵，便拿起藏在保險櫃的手槍出外查看。當他走到後園時，發現他三隻獵狗對著遠處叢林，一團灰色的人形吠叫。那團灰色人形是兩腳站立，但身上卻好像有很多毛髮。在好奇心下，老人用手電筒照向那團灰色人形。燈光一照，卻驚覺那團灰色人形像熊般高大，但頭卻生得像狗隻的怪物。它全身毛茸茸，有人類般靈活的四肢。那頭怪獸見行蹤被老人發現，便像鬼魅般哞一聲轉身入樹叢內，從此不見蹤影。

Steve Cook 聽到老人的故事後，懷著半信半疑的心態再播放一次《Legend》，心中納悶他當初作詞時並沒有考慮那麼多，純粹想把狼人描寫出來。第三次播放後，聽眾的電話排山倒海地湧過來，眾人紛紛說自己也曾經目睹過類似的生物，故事也和那個老人相約。在接下來一星期，這首《Legend》每天都被當地的民眾要求播放至少一次。一個月後，《Legend》更上了國家音樂排行榜，累積目擊這隻狗頭人的報告已經有多達 50 宗。

密西根州犬人（Michigan Dogman）傳奇從此在全美國散播。

密西根州犬人

根據多年曾經目睹密西根州犬人（又名布雷路怪獸）的描述，可以綜合出它的特徵：身形龐大，四肢著地時有四英尺，

站立時更可達至七英尺高，全身披滿厚實的毛髮，毛髮呈棕灰色，行走時後肢直立，智力和狼相約。有部分報章也會稱它為狼人（Werewolf）。

根據多年的資料搜集，最早目擊密西根州犬人的報告可追溯到 1804 年，一名法國皮草商人在日記和信件多次提到遇到一隻 Loup garou（法文狼人的意思）。在 1857 年，當時的警長 Lake County 的報告也提到多名村民遇到一隻似狼的惡魔，多次在半夜襲擊村民的家畜，也曾經抓傷過一位企圖阻止它傷害豬隻的農場女主人。當地的報章也有報導類似的案件，但事件很快就平息。

之後數十多年，偶爾也會有密西根州犬人的報告，但直到 1987 年，Steve Cook 的歌曲《Legend》播放後，密西根州犬人才再次成為美國人的熱話。

當中比較經典的個案在 1994 年，一名獵人獨自在 Ausable River 露營時，看到一隻人狼般的生物在叢林閃過。他立即拿起獵槍上前追蹤。他驚訝地發現那隻野獸雖然在地上留下野獸的爪印，但卻是只有一對，並不是正常的四隻，而且那些更像人的足跡般一前一後。更加奇怪的是，由獸印的大小和深度來推測，那頭野獸至少有四百磅重和八英尺高。他跟隨那些足跡行走，走了大約三十分鐘，來到一個農場的房子。當他敲門問農場的主人有沒有甚麼怪人經過時，那名農場的主人一頭霧水，聲稱沒有看到任何人經過。但當他們邊談邊走到農場的後園時，卻發現裡頭所有羊隻都被殺掉，內臟全被扯出，灑得一地都是血淋淋內臟，而

且留下狗齒般的咬痕。就在此時，獵人也瞥見農場的泥地上留下
那隻神秘怪獸的足跡……

類似的報告不斷浮現，在 90 年代更達至高峰期，每年可以
有十多宗，但由於大部分的報告只有目擊者的片面之詞，內容也
有誇大的成分，而且家畜的傷亡也可以是普通狼隻所害，所以多
年來密西根州犬人也只是一個「傳說」罷了……直到 2007 年。

The Gable Film

在 2007 年，一段叫「The Gable Film」的 8mm 影片開始
在網上流傳。這段影片的來歷非常神秘，沒有簡介、沒有拍攝時
間、沒有拍攝人資料，而且聲音也被消去，只知道影片的名字叫
The Gable Film，但卻一直被喻為証明密西根州犬人存在的最佳
證據。

The Gable Film 長三分半鐘，由片中人物的衣服和髮型推
斷，影片拍攝日期應該在 70 年代中的冬天。影片頭兩分鐘都是
普通的家庭影片，小孩子在雪地推雪人，坐雪地摩托車，和一頭
德國牧羊犬玩耍，一個男人在砍柴。在影片的最後一分鐘，拍攝
者坐在汽車上，拍攝沿途的雪地風景。突然，拍攝者留意到在距
離馬路 300 米的地方，有隻棕色的物體蹲在地上。繼承所有恐怖
片罹難者應有的人格，他叫司機停下來，獨自走近那隻神秘生物
那兒拍攝。當離那隻生物 150 米時，影片已經可以清楚看見牠的
外型。

　　那頭生物龐大得像棕熊，但頭形卻像狼般尖長，全身長滿棕色的長毛。當攝影機把鏡頭眾焦在那頭生物的同時，那頭生物也發現攝影師的存在，立即弓起身子，像準備戰鬥的狼犬般齜牙裂嘴。攝影師發現自己已經曝露在危險中，馬上轉身走人，但那頭神秘生物來勢洶洶，像鬥牛般飛快越過草地，朝攝影師衝過來。

　　鏡頭之後是一連串強烈的搖曳，顯示攝影師正火速狂奔，逃離那頭可怕生物的追殺。猛然，鏡頭急速地朝天上下搖晃，好像攝影師被甚麼抓到，跌在地上，並且奮力搏鬥。數秒後，鏡頭閃過一口鋒利彎曲的牙齒，攝影機也被撞得老遠，跌在遠處的硬地，影片到這裡也毅然中斷。

　　在之後幾年，網民都為這段影片的真偽作出無數次的辯論。當中認為影片是捏造的人最強而有力的證據是，影片和 2010 年國家地理歷史頻道的節目「Monster Quest」最後一集的片段一模一樣，而那集節目的內容也是模仿人們看見密西根州犬人的經歷。但那些堅信密西根州犬人是真實的人卻認為，影片其實是國家地理用網上原片改拍成自己的節目。

　　但無論如何，即使到 2015 年，密西根州警方依然收到零星目睹犬人的報案，証明密西根州犬人的傳說並沒有受到 The Gable Film 的真偽影響。另一方面，當初憑著《Legend》一炮而紅的電台 DJ Steve Cook 在近年也再次翻唱《Legend》，希望可以再令密西根州犬人成為美國的傳奇怪獸。

埋藏在 YouTube 的惡魔
YouTube666

在傳統西方社會,「666」就好中國的「4」和「14」,一向被認為是不祥的魔鬼數字,但「666」魔鬼數字的由來卻比中國單純歪音「實死」來得複雜。根據聖經啟示錄第 13 章 17 至 18 節,在末日逼近時,一隻七頭十角的野獸將從深海上來,奴役人類,而這隻野獸的名字就是「666」。自此之後,「666」便成為魔鬼的代表。除此之外,希特拉的英文名「Hitler」如果用數字法(A=100、B=101…)來寫再加起來也是「666」。

時至今日,比較迷信的西方人認為「666」本身會招來不幸和魔鬼,所以街號也會盡量避開「666」魔鬼數字。在美國,曾經有高速公路因為其編號為「666」,撞車死亡率好像比一般公路多數倍,而以被民眾要求改為 667 或別名代替。

那麼如果是會員帳號呢?

如果有 Follow YouTube Channel 習慣的讀者都會知道,只要在 YouTube 網址後方,加上「/ 會員帳戶」,就能直接進入那位 YouTuber 的個人頻道。在 2008 年,一名叫 nana825763 的日本網友就在 YouTube 發佈了一段影片,拍攝了他在 YouTube 找尋會員帳號 666(Username:666)時發生的可怕經歷。

在影片中，YouTube 一開始表示找不到會員帳號 666 的相關資料。但重新整理數次後，原本的 YouTube 版面開始變化，背景慢慢變成血紅色配合一些畫風詭異的動畫。到最後，YouTube 版面會完全變成黑血色的魔鬼風格，周圍都是血淋淋的鬼怪和爆發出人類慘叫聲的變態影片。與此同時，整部電腦也會像中毒般癱瘓，不能逃離 YouTube666，只能靠直接拔掉電源解決。

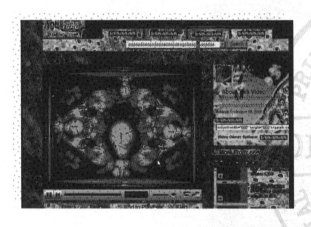

由於影片太過驚嚇，nana825763 的影片很快就達到過百萬的點擊率，數以萬計的網民也紛紛嘗試闖入這個魔鬼般存在的 YouTube666，以下就記載了一名網民的經歷。

我叫 Ryan，是一名自由工作者。除了偶爾在書店打工外，還會接一些電腦短期工作來做。我第一次接觸 YouTube666 是在 2009 年初，在一個討論靈異事件的 Blogspot 看到 nana825763 的影片。看到影片時，我正在書店的櫃枱當值，由於我打工的書店是人流很少的小型書店來的，整間店舖只有我一個人負責，再加上我本身性格好奇尚異，所以便立即用書店的電腦嘗試。

我在瀏覽器輸入 http://www.youtube.com/666，顯示「找不到網頁」，但根據影片的指示，這些都是正常的，所以我再連續按數下「F5」。當我按了數十次 F5 時，事情便開始出現變化。

首先，畫面不再是「找不到網頁」，而是變回 YouTube 看影片時的版面，但所有影片框框和文字都變成鮮紅的「666」。看到畫面出現變化時，我的心情又恐慌又激動，就好像看見廢屋的小孩，急不及待地想跑進去。我決定不考慮電腦病毒的問題，再按下數次 F5。

這次畫面終於呈現真正的 YouTube666。

整個頻道仿佛來自地獄本身，所有的版面設計、背景、文字、對話框都是血紅色的惡魔圖像，那些惡魔圖像既像內臟，又像蠕蟲，有時更像人面。那些黑血色圖像以一種嘔心的方式快速地扭動著，讓人不寒而慄。

每個影片框都顯示住不同的影片，雖然看預覽都知道內容不好惹，但我還是用冒死的心態按入其中一個。

影片打開時，畫面彈出四個樣貌詭異，眼睛被挖空的嬰兒站成一排。它們就好像那些搖頭娃娃般，四個用同樣的節奏慢慢地搖頭，但那些空洞的眼神仍然緊盯著你，散發強烈的恐怖感。我被那些嬰兒嚇得心神大亂，猛烈地哆嗦了一下，下意識按下了一段未知的影片。

然後我馬上後悔起來。

一個女人赤身躺在血池內，肚子被人撕開，內臟全都浮在血水上。那個女人痛苦得面容扭曲，但嘴巴卻掛上一張近乎瘋狂的獰笑，使我幾乎在書店尖叫出來。

夠了！是時候走人！我對自己說。

但當我想關掉 IE 時，卻發現已經不能關掉，甚至連想縮小也不可。無論 YouTube666 那裡是鬼是病毒也好，它已經完整地破壞了我的電腦。

總掣！拔電源！

可惜公司的電腦為了安全理由，所有電線和總掣都上鎖。我絕望地軟癱在座椅上，望著那些黑血色的內臟圖案由瀏覽器慢慢爬出，侵蝕電腦其他部分。雖然早在影片已經看過，但實際看到仍然讓我渾身發抖。

更加讓我恐慌的是，那個浸在血池中的女人不知何時開始緊盯住我，兩雙充滿殺氣的眼睛像頭瞪著獵物的毒蛇。

那個女人的雙手猛然突破影片的框框，露出腐爛的身軀，作勢要爬出來。

我終於承受不了，昏了過去。

當我醒回來時，電腦螢幕已經變回「找不到網頁」，而我其實也只昏倒了數分鐘。雖然之後再也沒有甚麼怪事發生，但我卻發了幾天高燒。直到現在，我仍然疑惑究竟 YouTube666 是人為還是真的出至魔鬼之手？人類的才能真的可以做出如此可怕的東西嗎？

究竟 YouTube666 是真是假呢？

有人說，YouTube666 其實只不過是當初那名日本網友 nana825763 其中一部作品，並不是真的存在。nana825763 在 YouTube666 前後也製作了數套同樣的地獄風影片，而他這套成名作 YouTube666 更在 2008 年入選日本 YouTube 年度影片大賞。

但問題是有部分骇客利用 YoutTube666 這都市傳說的名聲，仿造了類似的惡作劇軟件，借機偷取個人資料，所以大家不要亂試啊！

病態藝術家的都市傳說
Cervine Birth 小鹿的誕生

　　無論你的興趣是寫作、音樂、攝影或是拍片，只要你的興趣涉及創作成分，你都可能曾經問過自己一條問題：「你願意為你的興趣付出多少？」特別當你的興趣涉及血腥、靈異和禁忌時，這條問題就變得更加尖銳。你會願意為了拍下一張靈異照片而去猛鬼的廢墟獨自睡一晚嗎？你會願意為了寫一部恐怖小說每日承受各種精神折磨嗎？你會願意為了拍下一部靈異短片和惡魔打交道嗎？

　　筆者相信每一個靈異創作人都會答：「我願意」，因為對於他們（或我們）來說，製造恐懼就是他們生命的全部，好比神父願意拋開慾望去伺奉上帝般來得自然。

　　為甚麼筆者會突然說起這麼感性（或者令人不安）的話題？因為當筆者看過以下的都市傳說後，不禁問自己，如果筆者是裡頭的攝影師，會不會願意為了拍下一段最恐怖的短片，而親自接觸那些惡魔和邪靈？你們又會不會願意呢？

小鹿的誕生

　　在 2009 年，一名自稱是「短片藝術家」的匿名網民在 YouTube 發佈了一段極度詭異的影片，由於內容實在太過可怕和

令人不安，所以不到半天，便被管理員刪除了。究竟這段影片錄下了甚麼駭人的內容呢？

據悉，短片開頭是一大片被濃濃霧氣籠罩住的大草原，那些霧氣厚得伸手不見五指，而且呈死灰色，氣氛非常陰森。有部分網民估計拍攝地點應該在北愛爾蘭某處。另外，整段短片唯一的聲音是來自背景一把低沉的呢喃聲，仿佛在唸甚麼邪教的禱文。

大約過了三四分鐘，鏡頭開始聚焦在一個站在草原中央的白色物體，並慢慢把它放大。當那件白色物體的輪廓愈來愈清晰時，人們發現原來那是一隻灰白色的母鹿。當鏡頭放到最大時，可以看到牠其中一隻眼睛好像受到不明的細菌感染，變得混濁不清，眼珠和眼白都不見了，只餘下一片詭異的血紅色。

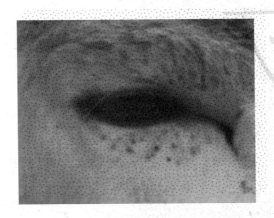

之後鏡頭一轉，那隻灰白色的鹿被鎖在一間密室裡。牠站在房間的中央，兩眼無神地望著一面長鏡子。這個畫面大約持續了兩分鐘，之後「鏡子中的鹿」和「現實中的鹿」漸漸變得不同起

來。攝影師立即把鏡頭聚焦在鏡子裡頭的母鹿，發現那頭母鹿開始以一種不自然的方式跳動起來，僵硬的腰部突然扭動得像頭毒蛇，細小的頭部像脫臼般劇烈地搖晃，景象非常詭異。

當鏡頭再次聚焦到現實世界時，發現現實中那隻鹿已經倒臥在地上，動彈不能，兩眼好像失去了靈魂般無神。但最恐怖的地方是，鏡子另一邊那隻「鹿」仍然用那惡魔般的舞姿扭動著身體，仿佛已經脫離現實主人的控制。

隨著鏡子另一邊那隻「鹿」不斷左搖右擺，「它」的身體也由灰白色慢慢變成邪惡的黑色，樣子也變得猙獰起來，就好像傳說中的公羊惡魔「潘」般。至於那頭（理論上）存在真實世界這端的母鹿，仍然癱瘓在地上，下體緩緩流出一種黑色的汁液。那些黑色的汁液就像焦油般烏黑和黏稠。它們愈流愈多，一點一點地把母鹿包圍起來。很多人看到這裡已經忍受不住，連忙把影片關上了。

突然，一隻「嬰兒」般的物體撕開母鹿的下體，由下體強行爬出。那些黑色的汁液完整地覆蓋了「它」的身體，使人們只能依稀看到「它」的輪廓。「它」和我們人類的嬰兒一樣，有圓形的頭顱和靈活的雙手，但「它」的腳卻如山羊般彎曲和有羊蹄。那面鏡子不知道在何時已經破成碎片，仿佛那隻「嬰兒」是由剛才鏡裡那隻「魔鹿」破鏡而出，而不是來自母鹿的自然生育。影片的最後五分鐘，鏡頭變成漆黑一片，只餘下一把好像是人類嬰兒發出的哭啼聲。

這種恐怖的影片被人刪除後，很多網民都抱怨來不及把它轉載下來，現在 YouTube 只餘下原本影片的純錄音版本。但有部分人說偶爾在一些大型 BT 網也可以找到它的種子，甚至有人說只可以在 Deep Web 中找到。

除了影片的恐怖內容之外，影片主人的身分也是一個謎團，在網民傾盡全力「起底」下，只知道影片主人的 IP Address 是來自英國，這點倒符合影片開頭那片煙霧逼人的景象。但更驚人的事發生在後頭，因為有網民找到一段那名「短片藝術家」以前的作品，而且內容比之前更恐怖，更令人毛骨悚然……

狐狸媽媽和小狐狸

這段相信是同一名作者拍攝的影片叫「Foxtrot（狐步舞）」，拍攝於 2005 年，片長大約十分鐘，只有黑白畫面。影片開始時，可以看到一隻母狐狸在陰森的森林裡不斷奔跑，牠跑得非常狼狽和急速，仿佛由甚麼可怕的地方逃出來。牠一邊奔跑一邊發出悲痛欲絕的哀號。此時，皎潔的月亮穿過叢林，影射出牠的頸上被綁了一條粗長的繩索。

鏡頭移向繩索的另一端，繩索的另一端是一隻奄奄一息的小狐狸。牠已經死掉或失去知覺，幼小的身軀只能被拖拉在地上，牠走過的草地形成一道長長的血路。不久，狐狸媽媽終於穿過森林，拖住她瀕死的兒子來到一片空曠的大草原。牠長長的嘴裡仍然發出那些悲哀的哭號，那是只有母親失去兒子時才可以發出的哭號。

跑了不知多少公里的狐狸媽媽感到筋疲力盡了。牠愈走愈慢，最終癱瘓在草地的中央，靜靜地等待死亡的來臨。臨死前，牠蜷縮著身體，抱著自己早已死去的兒子屍體。此時，背景重播狐狸媽媽之前的嚎叫聲，整段影片都籠罩住一股愁雲慘霧的氣氛。不久，狐狸媽媽傳來最後一聲低嗚聲，也跟著兒子死去了。

之後，鏡頭就停格在這對母子的屍首上，這個鏡頭大約維持了一分鐘。突然，一隻像屬於小孩子的手由泥土伸出來，撫摸死去狐狸媽媽的臉孔。沒有人判斷到那隻手是怎樣由泥土伸出來。之後，愈來愈多「小手」破土而出，一隻、兩隻、三隻……不一會兒，那對母子的屍體便被無數的手臂和手掌包圍住。那些小手在安撫，輕抱，包緊住那些屍體，既好像在保護牠們，又好像在吞噬牠們。

鏡頭突然一轉，來到一間陰暗的住宅。攝影師慢慢走入屋內，來得房子的飯廳。陰暗的飯廳只有飯桌上的吊燈亮起，照映出飯桌周圍腐爛甚久的屍體。屍體的身分説明他們應該是一家人，有兩個大人和兩個小孩。那些屍體已經腐爛得七零八落，骨肉內臟都暴露在空氣中，蛆蟲蔓生，很難説得出他們的死法，只見到他們頸上都有一道深深的抓痕。但整間飯廳最可怕的地方是……那對狐狸母子活生生地坐在飯桌上。

狐狸媽媽在撫摸住牠的兒子，小狐狸也依偎在媽媽的身上，兩個眼神均閃耀出一道復仇和狡猾的目光。雖然影片沒有確實説明牠們和那家人的死有關係，但真相卻是不言而喻，所有人都明白發生了甚麼事。

影片接近尾聲時，鏡頭又突然聚焦在那盞吊燈上，一隻飛蛾環繞著吊燈飛來飛去。一隻既像人手又像貓爪的手掌突然伸出來，捉住了那隻飛蛾，用生滿毛髮的手把它活活捏死，影片到這裡也猛然結束了。

「藝術家」的最終下場

自古以來，「邪靈、惡魔由動物身體降臨到人界」或者「邪靈、惡魔附生在動物身上」這類說法在世界各地的故事、傳說都可以見到其身影。例如，古埃及邪神賽特的手下都是一些邪靈附體的狼犬，聖經中耶穌驅走的邪靈都是寄居在豬身上，甚至愛倫坡小說中的黑貓。

但究竟以上影片的內容是純粹特技效果，還是影片的主人真的由動物身上召喚邪靈？真的不清楚，一來看過影片的人不多，因為那些影片都已經沉落到 Deep Web，二來即使有人在 Deep Web 中找到了原片，他們也說忍受不到三分鐘便把影片刪除。

無論是真是假，那名拍下這些詭異影片的主人一定承受了某種不尋常的心理折磨。因為就在 2010 年，他在 YouTube 發佈了人生中最後一段影片。那段在 YouTube 上的影片只有五分鐘靜音的黑幕，但影片下方的文字描述卻有一個超連結。有網民按入去後，發現是一個現場直播的 Web cam。Web cam 設置在一間破舊的房間裡，房間裡頭甚麼都沒有，只有一張打翻在地上的椅子，和一具吊在半空中的男人屍體。

不能被控制的咒怨照片
Smile.jpg

　　不知道大家以前有沒有收過或看過一些聲稱被詛咒的帖子或相片？那些說「如果你看過後不轉貼多少次，就會不幸一生」的帖子。在筆者初中時，互聯網充斥很多類似的帖子，雖然筆者通常不會做「幫兇」轉貼，但或多或少會有些心理壓力。

　　但如果真的有幅相被詛咒了，真的會使人不幸或發狂呢？在美國就有一個被詛咒照片的都市傳說，一切由一封神秘的電郵開始……

　　由 2003 年開始，互聯網便流傳了一封神秘的匿名電郵，人們聲稱這封神秘的匿名電郵可以使看過它的人發狂，甚至自殺。據悉，這封可怕的電郵的標題很簡單，通常只會簡潔地一句寫著：「請笑一笑，上帝愛你！」或「很有趣的照片，請看一看！」而每封郵件的內容也不太一樣，但大致的內容都是說寄件人看了一張很有趣的照片，所以決定把圖片散播開來，並鼓勵你應該要看一看。

　　除此之外，所有郵件還會有兩個共通點。第一，每封郵件都會附有一張叫「smile.jpg」的神秘照片。其次，所有信件都是以「Spread the Word（**把它傳開去**）」作為結尾。大部分情況下，收件者都會不假思索地把附帶圖片打開來看看…而這就是一切惡夢的開始。

如果純粹由文字描述，你實在説不出這張叫 smile.jpg 的照片有甚麼恐怖之處。如果你隨便瞥一眼 smile.jpg，你還會誤以為它只不過是張普通的狗隻照片罷了。

那張照片在一間陰暗的房間拍攝，看似是睡房的地方。照片的背景顏色明顯經過特技效果處理，使得房間有點模糊和陰森。

第一眼看 smile.jpg 的人們通常都會把焦點放在照片的右方，那頭兇神惡煞的狼犬上。那頭灰白色的狼犬站在照片的右方，面對住鏡頭方向，齜牙裂嘴地展露出一排密而鋒利的牙齒，眼神充滿獸性和一種動物不應該有的狡猾，一副欲噬之而後快的樣子。如果你再細心一些，你會發生圖片左方的陰暗處放了一隻血淋淋的斷手和牆上用血寫了著「PO」兩個字。

縱使整張照片的氣氛有點詭異，但大體而言，它極其量也只是一張普通恐怖照片罷了。

但其實真正恐怖的事情是在看過照片之後才發生。

有不少網民報告在看過照片後，身體便立即感到不適，輕則頭暈嘔心，重則出現瘋癲和精神分裂等症狀，更有人説自己的親友在看過 smile.jpg 不久便自殺身亡。

更加可怕的是，所有看過 smile.jpg 的網民聲稱在看過照片當晚，他們都夢見照片中那隻狼狗。在夢中，他們通常會發生自己全身不能動彈，被緊緊地綁在床上。那頭詭異的狼犬會蹲在你的床頭，用惡魔般低沉的聲音對你説：「你唯一的救贖是把照片傳出去。」直到天亮為止。

在惡夢之後的第二天，那些看過 smile.jpg 的網民必須把照片傳播出去，無論由匿名電郵送出，還是在論壇發帖。很多網民聽過故事和看過照片後，無論之後有沒有在夢中看見那頭魔犬，都立即在電子郵箱和論壇轉播，一時間整個網絡世界都佈滿 smile.jpg 的照片。

究竟這張如此可怕的照片由甚麼時候開始在互聯網散播？它最初的源頭又是哪裡？究竟它是真是假？種種的謎團在 2010 年，終於有一名聲稱親身接觸過 smile.jpg 受害者的 Blogger 站出來，為大家一一解答疑團。

Mary E 的故事

大家好，在開始說我的親身經歷前，容許我先自我介紹，我是一名業餘的 Blogger，同時也是一名大學生。我之前偶爾也會探究下一些流行的都市傳說，之後再寫在我的 Blog 上，但如果說第一次親身接觸到如此可怕的經歷，也真的是頭一次，也希望是最後一次。

在 2005 年，當時我還只是一名高中生，便已經被 smile.jpg 這個都市傳說深深地吸引住，心中驚訝為甚麼一幅看似普通的照片，可以讓如此多人在網上留言說被它纏繞（雖然也有人說現在網上流傳那些都是假的）？而且最讓我好奇的地方是，維基百科全書竟然沒有 smile.jpg 的條目！你們要知道即使是一些更嘔心和令人不安的都市傳說，例如「Two girls one cup」，維基也會記載。但為甚麼這個在網絡流傳多年的 smile.jpg 卻沒有呢？

在好奇心驅使下，之後幾年，我不時在一些討論關於 smile. jpg 的留言版或帖子找一些聲稱受到真正的 smile.jpg 逼害的網友，再寄私人短訊給他們，請求他們做訪問。當中大多數所謂的「受害人」明顯都是虛報，他們根本不能詳細描述事發經過或圖片樣子……

直到我遇到一名叫 Mary E 的女士。

Mary E 和老公 Terrence 居住在芝加哥一個無名小鎮。在 2007 年前，Mary 一直在一間管理線上論壇伺服機的公司擔任系

統操作員。但數年前在管理論壇時，在一個帖子看到 smile.jpg 後，便因為「某種原故」，被逼留在家中休養並由老公負責日常照顧。

我第一次遇到 Mary E 是在 2007 年的夏天。我是在一個超自然討論區認識了她，她對我說她在三年前看到 smile.jpg 的照片，但直到現在每晚也受到相中的魔犬折磨。她希望透過我的報導，會找到人幫助她或令大家知道真相。

當時碰巧大學暑期，我當初懷著半信半疑的心態駕車來到信中描述的地址。但當我來到 Mary E 的家時，她的老公 Terrence 卻站在門口說 Mary E 臨時改變心意，決定取消我們的會面。但由於我都算千里迢迢來到這裡，決心不會空手而回。在我的堅持之下，Terrence 決定帶我去看 Mary E 的情況。

當我入到房子時，發現 Mary E 把自己鎖在主人房內，並不斷發出無意義的尖叫，就好像有甚麼在裡頭折磨她。在接下來個半小時，我和 Terrence 坐在房門外，我一邊聆聽住 Mary E 的尖叫聲和 Terrence 的安慰話語，一邊用紙筆記下當時的情況和對話。

縱使 Mary E 的話語被她自身的哭泣聲遮蓋，但我仍依稀聽得出她企圖對我說那個每晚折磨到她不成人形的惡夢，內容大約環繞住一隻狗、一些酷刑和叫我立即離開。這種情況大約僅持了一個小時後，在得不到任何有用的情報下，我唯有空手離開 Mary E 的家，而 Terrence 也為此而感到深深的抱歉。

大約在第一次訪問後一年，亦即是 2008 年，我再一次收到 Mary E 的電郵。由電郵的內容和文筆，Mary 的情緒顯然冷靜下來，並和我說出上年拒絕會面的原因。以下是當時電郵的內容。

收件人地址：██████@███████

寄件人地址：███████@███████

題目：關於上年夏天的面試

致 Mr.L，

我為上年你來探訪我時所發生的不快事情感到最深的抱歉。我希望你明白並不是你做錯了甚麼，而是我自己的問題，其實我應該用更有禮貌的方法來拒絕你。但那時候，我真的非常非常害怕，害怕得不能自控。

在過去數年，我無時無刻都受到 smile.jpg 的折磨。相中那頭魔犬每天晚上都進入我的夢境。我知聽起來很愚蠢，但我可以擔保那絕對不是一般的夢魘，因為它真實得幾乎和現實世界一樣，甚至令我分不清哪一個是虛無哪一個是真實。

在每晚夢魘中，我都被綁在床上，全身不能動彈，不能走動，不能說話，甚至連頭也不能轉。我只能眼怔怔地望著眼前地獄般的景象。

我身處在 smile.jpg 照片中那間房間，房間很冷，冷得像冰牢般。而那頭狼犬，就好像照片中那樣，展露那排像人類般的牙齒，用那雙奸狡而兇悍的眼睛緊盯著我。它用一把似人非人的沙啞聲音對我說：「Spread the Word（把它傳開去）」。它不斷地重複那句說明，不知道隔了多久，一小時？還是數小時？但每當我醒過來時，已經天亮了。

在第一次惡夢之後，我內心掙扎了很久，其實我可以把圖片傳送給一個陌生人、一個討厭的同事…甚至我的老公，但這幾個想法都讓我感到噁心，特別是最後一個。而且，我服從了它的要求後會發生甚麼事？那頭魔犬真的會放過我嗎？還是會要求更多更恐怖的同流合污？究竟有幾多無辜的人會因為我而受害…甚至死亡？

所以接下來那幾年，我都堅守自己的底線，不把圖片給任何人看。雖然它每晚都會來找我，重複相同的惡夢。但其實日子久了，並沒有想像中那麼難過，只是每天有點精神不振。

我把當初看見那幅照片的帖子儲存在一隻磁碟，並把我公司論壇所有關於 smile.jpg 的帖子刪去。我有追查那些當初也有看過那張帖子的用戶，我知道有少部分最終選擇自殺收場，也有部分在看過 smile.jpg 不久便聲訊全無，這點是最讓我擔心。

我應該對你坦誠上年那件尷尬事情發生的淵源。其實上年我是真的想告訴你我這幾年收集到的情報和其他人的經歷，當然也包括那張磁碟。但當你來到當天，我卻發現一切只不過是那隻該

死的狗的詭計！我只不過利用另一種方式把 smile.jpg 傳播出去。換句話説，我最終也會用同樣的方式毀掉你的人生。我一想到這裡，我便承受不了那種罪惡感和羞愧，所以一時情急下選擇了用最愚蠢的方法來拒絕見你。

我希望這封信可以阻止你再追查 smile.jpg⋯因為你將來終有日會遇上一些也看過真正 smile.jpg 的人⋯一些心靈比較脆弱的人，一些會毫不猶豫給你看 smile.jpg 的人⋯一些已經服從了那頭魔犬的僕人。

趁你的意志還屬於自己時，請停止所有的追查。

Mary E

大約在這封郵件一個月後，Mary E 便吞槍自殺身亡。

當時是 Terrence 主動聯絡我，我事後再由報章新聞得到證實。Terrence 在電話用一種悲哀得空洞的聲調對我説，在數天前，Mary E 趁他外出工作時，在儲藏室拿出了一把保安用的獵槍，以吞槍自殺的方式來結束她可悲的一生。其後 Terrence 繼續説，在收拾 Mary E 的遺物時，他找到了儲存著 smile.jpg 文件的磁碟，也就是令到他失去了妻子的原兇。

Terrence 按照 Mary E 臨終前的意思，把整張磁碟扔落火堆裡燒，不准留下任何殘渣。Terrence 在電話中用顫抖的聲線

對我說他發誓那張膠碟在熊熊火堆中熔解時，清晰聽到動物臨死時發出的痛苦嘶叫聲。

我對於 Terrence 突如其來的電話感到不知所措，只能支吾地說一些安慰的說話，也不知應否相信他的話語。在大約十分鐘後，Terrence 說要準備 Mary E 的喪禮便掛起電話。自此之後，我和 Terrence 再也沒有連絡了，而我也沒有繼續調查 smile.jpg 事件了。

但在大約 Mary E 死後一年，我突然又收到一封電子郵件。直到現在，每當我想起那封電子郵件的內容，我的胃子都會揪成一團。

收件人地址：jml@****

寄件人地址：elsabir88@****

題目：笑一笑啦 :)

你好！

我收到你很久以前的電子郵件說你有興趣看一看 smile.jpg 的照片。我有看過那張真正的 smile.jpg 照片，並沒有其他人說得那麼糟糕，所以我寄了它給你看看。

把它傳開去！

:)

最後那一句使坐在電腦面前的我也感到不寒而慄。

我看一眼電郵的附件，看見真的附帶了一張叫 smile.jpg 的照片。我腦裡想起 Mary E 在房間的尖叫聲，幻想出她最後吞槍自殺那一幕的情境，也想起她最後對我的忠告。所以我最終都沒有勇氣按下「下載」。當然，那幅 smile.jpg 有可能是假的，就好像網絡上千萬幅那般，但萬一是真的呢？萬一那頭魔犬真的出現在我的夢裡？我又會不會把它散播出去？

而且整封郵件最讓我不安的地方是，它暗示了不是所有人都像 Mary E 那樣能在 smile.jpg 的詛咒下堅守正義。究竟有多人屈服在 smile.jpg 之下，成為它傳播的奴隸？又有多少人因而受害？

我真的不敢想像。

尾聲

究竟 smile.jpg 這個都市傳說是不是真的？筆者相信很多網友即使看過以上的故事，也只是半信半疑。除了這個故事有點《午夜凶鈴》的味道外，還因為整個故事最大的缺陷是很多人（包括筆者）即使看過網上所有版本的 smile.jpg 照片，也沒有出現文中所提及的可怕症狀。

有網民留言說其實最初那張 smile.jpg 已經失傳了，現在網上流傳的版本是經過無數次「Photoshop」或模仿作。在真正的 smile.jpg，位於照片右方的其實不是一隻狼犬，而是一頭似人非人，像惡魔般存在的人形生物，但它和狼犬一樣，擁有一排鋒利的牙齒和一張令人毛骨悚然的獰笑。人們說只要你緊瞪網上流傳那幅經過 Photoshop 的 smile.jpg，你會看到一個模糊的人影慢慢由照片淡出來……

在網絡世界左閃右躲的詭異影片
Help me.scr

大家有沒有玩過恐怖遊戲「Alan Wake（心靈殺手）」？由於它的劇情編制是由筆者的偶像史蒂芬·金創作，繼承他一如以往的風格，遊戲的劇情細緻而龐大，所以筆者很喜歡這隻遊戲。

「Alan Wake（心靈殺手）」的劇情大約是講述一個恐怖小說作家和他的老婆去了一個偏遠的小島度假，但卻被島上的黑暗勢力利用他的寫作能力，使他筆下的故事人物大舉失控，變成擁有「魔力」的影子怪物，攻擊小鎮。

當中「故事人物失控」這個創作概念其實很多恐怖小說作家都會提到，倒不如說每個恐怖小說作家都曾經有這個「奇特的感受」，就好像每個青少年都曾經有過「自己是獨一無二」的感覺般。究竟是不是我在寫這個角色？還是角色在利用我？又或者寫到某一個位，角色會突然脫線，變得好像有「魔力」影響現實世界。這些問題時不時會在作家、畫家，甚至是音樂家的腦海浮現。

為甚麼筆者會這樣說？因為接下來的故事就是關於一個看似很普通卻擁有可怕「魔力」的 .scr 檔（類似 .gif 和 .exe 應用程式檔）的都市傳說⋯

離奇死亡事件

在 2012 年的澳洲阿得雷德（Adalade）一個平凡小鎮裡，當所有人正悠悠閒閒地享受週末的下午時…突然，一把女人的尖叫聲劃破了寧靜的長空。

那把女人的尖叫聲是由住宅區一棟普通的平房傳來。當附近的鄰居趕到那棟平房時，發現住在那裡的 Rogers 太太抱著自己的兒子跪地痛哭。那名兒子，一個叫 Kaidon Rogers 的紅髮青少年，兩眼反白、口吐白泡，四肢間歇性地抽搐。

當 Kaidon Rogers 被送到醫院時，Kaidon Rogers 已經停止抽搐和吐白泡，但兩眼散渙，軟弱無力地癱在床上，對身邊的事物毫無反應，好像失去了魂魄似的。醫生診斷他身體並無大礙，所有器官運作正常，但自此之後，Kaidon Rogers 就好像永遠墜入夢中的世界，一直沒有醒過來了…

對於 Kaidon Rogers 一夜之間變成植物人，單身母親 Rogers 太太感到悲痛欲絕。當她和警察回到 Kaidon Rogers 的房間時，也是最初發現 Kaidon Rogers 身體出現異常的地方，驚訝地發現電腦仍然在運行。

因為它是有 Kaidon Rogers 最後接觸的東西，所以警察立即查看電腦上的內容。當警察打開時，發現電腦正常運行一個 scr 檔，發亮的螢幕上彈出一隻樣子詭異，仿佛戴上了死神面具的卡通人物閃動著。

沒有人說這個 scr 檔是令到 Kaidon Rogers 癱瘓的兇手，但由於那個動畫檔案的內容過於詭異，它的事跡很快在網絡散播開來，而那個 scr 檔名字叫做——「HELP_ME.scr」。

HELP_ME.scr

這個「HELP_ME.scr」是由一套初階電腦程式開發平台「Scratch」設計出來。Scratch 的 Logo 是一隻樣子頗傻氣，棕白色的人形貓公仔來的，這也說明了 Scratch 是針對小朋友開發的電腦程式軟件。所以 Scratch 的介面設計非常簡單，很容易上手，得到了不少青少年的愛戴。很多青少年都在 Scratch 的官網把自己設計出來的簡單動畫或應用程式分享出來，但是由 2012 年開始，在這個美好的分享平台上，卻開始流傳一個詭異的傳說⋯⋯

究竟這個傳說確實是由甚麼時候開始流傳？已經沒有人清楚。根據傳說的內容說，有一個叫 HELP_ME.scr 受詛咒的圖畫檔在 Scratch 官網流傳，曾經看過它的人都會莫名其妙地立即陷入昏迷狀態，大部分都很快醒過來，但也有人一睡不起，變成植物人。但由於這個 .scr 檔實在太不祥，所以很快就被網站的管理員封鎖，但又有一個神秘人一次又一次地傳它上去，要找到它是非常困難。

一時間，Scratch 的官網不再只是青少年的天地，很多慕名而來的都市傳說愛好者也立即湧進來，誓要找到那個 HELP_

ME.scr 不可。究竟這個動畫有甚麼內容呢？

據部分有幸看過（而且有幸回來）HELP_ME.scr 的網民説，HELP_ME.scr 其實是一個簡陋得可憐的小動畫，完全是出自小朋友的作品，而且長度只有短短三四秒。

動畫開始時，是 Scratch logo 那隻棕白色的人形貓。但此時，牠的眼睛卻被人挖空，變成兩個血淋淋的大血洞，鮮血由空洞的眼窩滴出。更加恐怖的是，伴隨著背景尖銳刺耳的詭異音樂，那頭人形貓的手中突然多了一頭真實小貓的圖片，一邊用利刀插進小貓的肚子，一邊扯出血淋淋的內臟。

在這段血腥的動畫過後，將會有一隻「鬼」閃爍於畫面上。那隻「鬼」仿佛是「奪命狂呼」那個殺人面具的縮小版，戴著純白色的面具，面具上盡是扭曲的五官。與此同時，螢幕瘋狂閃爍黑光和白光，讓人感到頭暈眩目。

很多人看到這裡便昏了過去。

那些醒過來的人聲稱他們在看過那隻「鬼」後,做了一個很長很可怕的惡夢。在夢境中,那些受害者身處在一個只有黑白的畸形世界,那裡除了一堆不合符歐基幾何形狀的岩石外,還有一群人形鳥嘴的畸形生物。那些畸形生物穿著人的衣服,但卻長得既像鳥又像人,眼神猙獰,像鴕鳥般疾走。在夢境中,那些人形鳥怪不斷從後追趕他們,好像想活生生吃掉受害者身上的皮肉。

有人猜測那些醒不過來的人可能就是被那些人形鳥怪捉到,甚至變成它們的一分子⋯

夢日記

究竟這個「HELP_ME.scr」是怎麼一回事?雖然直到現在,也沒有人能指出它的原作者是誰,為甚麼他可以創作如此有「魔力」的程式檔。但有網民由「HELP_ME.scr」受害者的經歷指出它可能和一隻日本恐怖遊戲「夢日記(ゆめにっき)」有關。

「夢日記」是由日本遊戲製作者ききやま在 2004 年製作的一款免費恐怖冒險遊戲。而遊戲內容顧名思義就是主角有一天被困在房間內,被迫在夢境與現實世界間來回奔走,尋找散落在夢世界裡的 24 種道具。當中「HELP_ME.scr」裡那隻「鬼」便是「夢日記」的怪物,叫 Uboa(ウボァ)。

即使在「夢日記」裡,Uboa 也是謎一般的存在,沒有它的

官方說明，而且也是隨機出現。在遊戲裡只要玩家調查 Uboa 後，Uboa 臉上會出現變化和出現「砰」音效，玩家結果就被困在一個只有黑白色的封閉地圖，並被一些發狂的鳥人追趕…

這豈不是和那些看過「HELP_ME.scr」的網民遭遇的經歷一樣？！

究竟是原創者玩過「夢日記」，受到它的啟發而寫出「HELP_ME.scr」，來嚇一嚇大家的都市傳説？還是 Uboa 已經脱離ききやま的控制，找到另一個創作人，來發揮自己的魔力呢？

這點讓你們自行決定了……

可能會讓你自殺的影片
The Grifter

有時候，筆者覺得寫都市傳說都幾痛苦，經常都要看甚麼「一段會讓你精神失常的影片」或是「十張看完會自殺的照片」等等。筆者納悶如果有一天真的遇到一段 100% 會使人自殺的影片時，我要怎麼辦？筆者雖然喜歡寫都市傳說，但還未熱愛到願意「殉職」的地步……

所以，當要看這部聲稱曾經令很多人自殺的影片「The Grifter」時，筆者真的要跳來跳去看一次，關掉耳機看一次，之後才完整地看一次，最後才願意邊寫邊 Loop。慶幸的是，筆者現在還沒有自殺的念頭，但感到頭暈和不安是真的。所以，你們看完這段影片後跑到 IFC 或者 101 跳下來時，記得恐懼鳥絕對不會負任何責任。

來自撒旦教的影片？

2009 年 8 月 10 日，在美國人氣討論區 4chan，一名叫 the_solipist 的網友發表了一個名為「Subject：The Grifterz」的帖子。他聲稱在網上找到了一段古老詭異的影片，影片內容有很多恐怖的圖像和殺人的鏡頭。

影片流出之後，網民紛紛報告說他們看完影片後，出現頭暈、

噁心、惡夢、抑鬱等症狀，有人甚至説他們萌生自殺的念頭。短時間內在網上鬧得滿城風雨。究竟這段神秘影片的內容是甚麼？

以下就是殺人影片「The Grifter」的簡介。

影片開始時，以一個模糊人影在一條只有惡夢才會出現的走廊徘徊作為主線，中間不定時插入一些詭異的畫面，例如過萬條屍蟲在狹小的浴缸內蠕動、畫風血腥恐怖的古畫、畸形的侏儒人像、不知名的陰暗森林、和用未知文字寫的句子等。整個過程中，背景音樂只有一把模糊的呢喃聲不斷重複又重複，那是一種不可能由正常人類發出的呢喃聲，仿佛在唸某種邪惡的咒語或異端邪教的禱文。

突然，影片的內容開始變得有連貫性起來。畫面中有一隻手掌般大小的小狗被人揪住頸子吊起來。牠的樣子非常辛苦，仿佛承受著某種強大的痛楚。幼嫩的身軀在半空中不斷掙扎，細小的狗嘴發出陣陣哀鳴聲——但是以一把人類小孩的聲音發出來。

鏡頭一轉，去到一間陰沉恐怖的育嬰室。育嬰室擺放了一盞又一盞蠟燭，微弱的燭光映照出一排又一排放著死嬰的 BB 床。鏡頭突然聚落在其中一張 BB 床，BB 床躺著了一個剛剛出生的小嬰兒。當鏡頭望向小嬰兒時，他突然呱呱大哭起來。

接著恐怖的事情發生了，小嬰兒的淚水轉眼間變成了鮮血，鮮血在嫩滑的臉頰上形成血痕。不久，小嬰兒也開始吐起血來。但此時，鏡頭卻突然去到一個地下室，那裡只有一隻畸形卻染滿鮮血的手掌。

來到影片最後一幕時，鏡頭以一段古怪的句子作為開始：「Your Race Is One That Is Dying（你的種族才是正在滅亡的那一個）。」

之後，是一連串可怕的畫面，植物快速地枯萎，數以千計的人類屍體，人類被各種酷刑折磨。但沒有人能指出那些「大屠殺」影片的來源，有人說那些影像根本是來自地獄。

當你的注意力被那些堆積如山的屍體吸引時，影片會突然爆發出一聲長而悽厲的尖叫聲，是那種被折磨得痛苦的尖叫聲。由於叫聲實在太突然和太可怕了，很多人都被它嚇了一跳。

影片最後是一條由稀有的語言所寫的訊息：「那個嬰兒仍然存活在世界上。他居住在一個社區收容所。直到現在，他仍然不能說話和患有神經緊張症。」

惡作劇？還是真有其事？

筆者在YouTube找到了一個聲稱是「The Grifter」的影片，雖然其內容和傳聞有許多出入。但無論它是真或假，真的有很多

人留言説他們看完後感到頭暈嘔心，甚至有幾個人説他們的朋友看完後，不久便自殺身亡。那些自殺者臨死前都和他們的朋友説看到一個奇怪的公仔在家裡走來走去，他們請求其他網友不要再上載這段影片。

可能你會對他們的行為置之一笑，認為那只不過是惡作劇。但當看見他們的如此誠懇的態度時，你又能不能完全沒有一絲疑惑地看這段影片呢？

關於非法囚禁的故事
Barbie.avi

你們看報章時，有沒有看過一些關於禁室培育的報導？例如 2008 年的奧地利禁室亂倫案等，大家看過這些報導後有甚麼感覺？筆者在大學主修犯罪學，而且也閱讀過很多關於禁室培育、禁錮性虐待的案件。筆者可以篤定地和大家說，這些類型的案件數目遠超出你們想像，也遠超過新聞傳媒所報導。換句話說，當你們在看這篇文章時，在世界的某個角落，某棟房子裡，一定有一名無辜的女孩，被禁錮在不見天日的的地下室，每日受盡不人道的折磨或性虐待，她們希望得到的是死亡的解脫。

筆者暫時不再談論這些頗變態的案件，但為甚麼筆者突然談起非法禁錮來？因為今天要和大家分享的短片「可能」和非法禁錮有關。為甚麼筆者要強調「可能」？這點就要看過以下的故事和影片後，你們才會明白。

「那個女人…好像有點…瘋狂？」

在 2013 年 3 月，有一名網友在 4chan 上發表了一個帖子，內容是關於他發現了一段詭異的影片及親身的恐怖經歷。乍看之下，這段影片看似有些無頭無尾，只是一段女人被訪問的影片，雖然聲音和畫面也非常惡劣。但是，當那名網友說出他發現影片的經歷時，大家才發現它背後隱藏的故事可能遠超過任何人

想像……

　　大家好，以下的故事是本人數個月前的親身經歷。我純粹想找一個地方分享出來，但不期望大家會相信，因為整件事情實在太瘋狂，而且太恐怖了。

　　故事的開端發生在一個朋友的派對。他是一個「自由藝術家」，正如大家猜想，這也表示著他是一個窮光蛋和失業人士。他的家在底律斯（美國一個城市）的工業區，周圍都是被煤炭燻得烏黑，殘磚爛瓦的工廠，而且大部分都是棄置甚久，可能有三、四年，甚至十年。

　　那天晚上，我和我的朋友都玩瘋了，很多人都喝得爛醉，當然也包括我在內。我趕不上尾班公車，所以睡在朋友的沙發上。但酒精永遠不會讓你一覺好眠，當我起身時，還只是凌晨四時，外頭仍然是漆黑一片。其他也喝得爛醉的朋友仍然像死屍般橫七豎八地躺在地上，沒有絲毫會起床陪我的跡象。

　　我由窗戶望出去，驚訝地發現整個舊城區異常地美麗，三五成群的廢棄工廠在黑暗中仿佛是《魔戒》中的堡壘要塞，散發出一種邪惡兼神秘的美感，讓人產生無限幻想。可能是酒精作祟的關係，我決定不能再逗留在這破舊的小房子裡，要出去「冒險」一下。但我不是傻子，不會自己獨自外出，那樣和劫匪說「過來殺我吧」沒有太大分別。我打電話吵醒我的一百分完美女朋友，之後再苦苦哀求她駕車前來，讓我們一起在這個「人間魔境」兜風。最後，在我的哀怨攻勢下，她答應我駕車前來，到達後再打

電話給我。

大約十分鐘之後，我的電話無電了，所以唯有依靠在窗邊，好讓她的車來到時能看見我。不久，睡意突然襲來，我的眼皮仿佛吊起了幾件砝碼，愈來愈沉重，不一會兒便雙眼一合，滑入夢鄉了。

砰！

街上突然傳來聲巨響，使我由夢中驚醒過來。恐怕是跳樓或是車禍，我立即四處張望一下，看看有沒有人受傷。樓下的街道仍然是杳無人跡，但是我再仔細一瞧，發現在對面街的垃圾站，那些堆積如山的黑色垃圾袋上，突然多了一部破爛不堪的電腦。由於那部電腦的顏色太過鮮艷了，剛才不可能沒有留意，所以我篤定它一定是剛才由高空跌下來。

不久，我女朋友的車輛來到，我到達樓下時，碰巧經過那個垃圾房，看見剛剛跌下來的那部電腦。發現它只有螢幕被摔得粉碎，但伺服器還完完整整，似乎還可以用。在好奇心和環保意識（前者佔的份量比較多）的引誘下，我決定把伺服器帶回來。

其實之後的一星期，我都忘記了那部電腦的存在。直到我的女朋友催促我，把她車裡的「廢物」拿走時，我才想起它的存在。那天晚上，當我把那部電腦扛回來後，我把它連接到我的螢幕。出奇地，它仍然能流暢運行。

　　當進入桌面時，我第一個感覺是「很空」。因為整部電腦幾乎是甚麼應用程式都沒有，Skype、Firefox、BT 等全部都沒有。我打開搜尋器，輸入一些奇怪的關鍵字，如「大屌」、「素人」、「無套」等等，看一看先前的主人有沒有藏匿了甚麼精彩的色情片，但仍然找不到任何東西。直到我氣餒地輸入「電影」這個極為普通的搜尋字眼，才出現一個叫「Barbie.avi」的影像檔。而且還要是放在「WINDOWS / System32」裡。

**　　之後，詭異的事情便開始發生了。**

　　影片大約長十分鐘，好像沒有經過任何剪輯。影片開始時，可以看見一名 90 年代打扮的女子坐在一張座椅上，背景是純白色的牆壁。我跳到影片的三、五、八分鐘，發現都是類似的畫面，所以我決定由頭開始觀來，聽一聽那個女人在說甚麼。但可惜的是，聲音到了影片的第十五秒已經出現嚴重的損壞，吵雜的沙沙聲完整地掩蓋女人的談話，根本聽不到她在說甚麼。

　　我嘗試過用軟件 Final Cut 去把那些背景噪音弄走，但效果不太理想，我仍然聽不到那個女人在說甚麼。在無可奈何的情況下，我唯有忍受著那些噪音去看這段神秘的影片。但當我再次觀看這段影片時，那個女人的樣貌和身體語言開始慢慢吸引了我的注意，因為她那些貌似尋常的動作好像隱藏了甚麼，甚麼詭異的東西。

　　影片應該是一次簡短的訪問來的，因為那個女人不時會停下來，展現出一副細心聆聽的樣子，之後便說起話來。但是，當影

片大約過了五分鐘之後，那個女人的表情開始有點兒變化。她的樣子有點壓抑和拘謹，好像發問的人說了一些令她不安的說話，但縱使如此，她仍然嘗試努力回答。

但過了不久，那個女人便開始歇斯底里地哭嚎起來，淚水像決堤般由她尖長的臉滾滾流下來。你明不明白，是那種只有精神病人才可以發出的哭嚎。這種情況持續了數分鐘，那個女人才稍為平伏下來，但她仍然滿臉通紅，硬咽地說話。我雖然聽不到她在哭訴甚麼，但我可以由她的嘴唇，知道她不斷重複兩個字：「皮膚」。

到了第八分鐘，那個女人又陷入了不可挽回的瘋狂，失控地狂哭起來。她好像很討厭自己的皮膚，不時在鏡頭面前使命地亂抓自己的皮膚，直到手臂上留下一道血痕。

影片到尾聲，才聚焦在她的左臂上。原來那個女人的左臂被人齊整地砍了下來，斷去肢體的位置變得尖銳的三角錐體，極為古怪。當我想仔細觀看她的手臂時，鏡頭已經漸變為黑色一片，訪問也被強行中斷了。

　　我怔怔地坐在電腦面前，被影片那種瘋狂和不安的氣氛嚇得透不過氣來。我目瞪口呆地望著發黑的螢幕，不知如何是好。

　　正當我以為影片已經完結，想把播放器關上時，螢幕又突然出現新的畫面。鏡頭不再是那間白色的房間，而轉到去戶外。鏡頭搖搖晃晃，就好似近年那些第一身鏡頭拍攝的電影，弄得人們頭暈目眩。影片的首兩分鐘，那個拍攝者在一條廢棄多時，鏽跡斑駁的火車軌上逃跑，因為他的步伐實在太急促，而且你也可以清晰地聽到那男子喘大氣的聲音，你不得不認為他在逃離甚麼可怕的東西。

　　鏡頭突然急轉彎，那名拍攝者轉入火車軌旁邊的密林裡，步伐仍然是那麼急促。密林暗不見天，盤根錯節，樹枝和蔓藤生得密密麻麻，那個拍攝者有好幾次差點被絆倒。一會兒後，樹木變得稀疏，道路也變得廣闊和完整，不再是含糊不清的小路，反而是一條由木板鋪成的道路，但影片去到這裡也毅然終結了。

　　當看完臨尾這段和之前風馬牛不相及的影片後，我的心臟卡在喉嚨狂跳，既感到震驚又感到雀躍。因為我認得那一段破損失修的火車軌，它只不過在離我住的城鎮數十英里的地方。我被眼前這段神秘的影片深深地吸引，像個不諳世事的青少年，幻想自己是冒險小說的主角，要來一場「大冒險」，從深邃幽暗的山林裡找一個以弄哭殘廢女士為樂的狂魔。明顯地，我當時沒有意識到事件背後蘊藏的危險性和致命性。

　　第二天早上，是一個陰霾沉重的週末早上，我駕駛我的豐

田小型車到那個荒廢的火車站並把它停泊在路邊。我的背包裡頭有一支手電筒、一些乾糧,一部照相機和一把七寸長的軍刀,心想應該足夠這場冒險吧?我沿著火車軌來回行走,不停地左顧右盼,希望找出影片中那個入口。

最後,我用了整整一個多小時,走了四公里路,才找到那個隱蔽的入口。我之所以發現那個入口,純粹在偶爾的情況下,看到一隻流浪貓鑽了進去,否則根本沒有可能發現。

我在密林太約走了五分鐘,正如那段影片所拍,腳下開始浮現一條由三板木鋪成的小路,那些木板早已收變成枯株朽木,踏上去時會發出刺耳的嘎啦聲。

當我在這片陌生的森林裡愈走愈入,人也開始變得警覺起來。我感覺到我的心強烈而平穩地跳動著,血液中的腎上腺素濃度不斷增加,使我的五官也變得敏銳起來,危機意識也愈來愈強烈。可能只是鳥兒的吱吱聲,也可以使我立即蹲下來,環顧四周,看看有沒有那個瘋子的蹤跡。

大約過了三個小時,小路和森林也毅然中斷,眼前是一片不見盡頭的大草原,有四五個運動場那麼大,長滿綠油油的嫩草,一棟破舊的大屋盡立在大草原的正中央。我二話不說,立即拿出照相機拍下這棟古老大宅和周圍的景色,之後我依靠著一顆大松樹,靜靜地欣賞眼前的景色。

那棟大宅應該有過五十年歷史,兩層樓高,屋頂的瓦片已經

剝落得七零八落，左邊的外牆也倒塌下來，露出生鏽的鋼筋。我久久注視著這棟陰森的大宅，內心充滿掙扎，一方面我知道影片裡的所有謎團都是導向這棟大宅，但另一方面這棟大宅所散發出來的不祥氣息也使我卻步，我的直覺對我說裡頭好像有人監視著我，我甚至可以感覺到他那雙不懷好意的目光。但最終，我還是鼓起勇氣，提起雙腳，慢慢地走向那棟大宅。

我知道接下來的故事可能會讓你們失望，因為我沒有遇到甚麼變態殺手，但仍然足以讓我直到現在也不敢關燈睡覺。當我去到大宅的正門時，發現它已經倒塌下來，我只可以由旁邊的窗戶溜進去。第一層的大部分房間都堆滿了殘磚爛瓦，沒有甚麼東西好看，所以便上去二樓。但當我走上樓梯，到達第二層時，詭異的事情開始發生。

首先，第二層的房間出奇地乾淨，而且還有一些基本的傢俱，例如床和椅子，仿佛第一層的凌亂只不過是種保護色，來遮掩第二層……或屋主的存在。我當時和自己說不要太多心，但當我去到廁所時，發現已經不能再欺騙自己了，的確有人住在這棟房子裡。

廁所沒有甚麼特別設備，只是一間普通的廁所，有浴缸、馬桶、洗手盆等。但問題是那面鏡子，那面鏡子是如此清晰，半點塵埃也沒有，這是沒有可能的，不要說廢棄五十年的大宅，甚至沒有人打理一星期的房間也不可能如此乾淨。而且當我打開水龍頭時，流出來竟然是清澈的自來水！

那一刻，我腦海裡湧現數以千計的猜測，究竟是誰來過這裡？他為甚麼要長駐在這間大宅？他和影片中的女人是甚麼關係？他對那個女人又做了甚麼？猜疑很快變成恐懼，我終於忍受不了，恐懼完整地吞噬了我。我朝樓下出口飛奔，一個箭步衝到樓梯，一步四五個階梯跳下去。

砰！

當我走到出口的房間時，身後突然響起一聲巨響。我回頭一看，看到樓梯下有兩道門。其中一道門被打開，另一道門則被人用鐵鏈重重鎖上，應該是通往地下室。聲響由那道被鎖上的門發出，仿佛是某個人使勁地撞門時發出的聲響，而且還夾雜一些模糊的呻吟聲。

砰！砰！砰！

我呆呆地站在窗邊，更多的撞門聲隨後發出，一次比一次猛烈，木門發出砰砰強響，鐵鏈在門上搖晃得叮叮噹噹。我沒有再多望一眼，想也不想便拔腿狂奔，飛快地跳過窗框，踉蹌地逃出這棟大宅。即使我跑回自己的車輛，那些撞門聲和呻吟聲仍然在我耳邊不斷迴響。

即使已經事隔兩個月，我的心情已經不能平伏下來，你們知不知道那棟房子最讓我害怕的事情是甚麼？不是那道發出巨響的木門，而是打開了的那一道。

　　那道門通往一間空空如也的房間，而那間房間的牆壁，和影片中的白色牆壁一模一樣！

是非法囚禁？還是精神病人？

　　這個故事雖然看似沒有一個完整的結局，但你仔細一想故事的主人翁臨尾發現的線索，你會發現背後所暗示的東西，實際上還頗恐怖。究竟在那道門背後究竟鎖住了甚麼人？是不是影片中那個女人？影片又是不是真的在那棟房子拍攝呢？

　　或許，我們應該回歸最基本的問題：「究竟這個故事是真還是假？」

　　筆者不能夠給你 100% 確定的答案，但是可以給你一些有用的資訊。首先，網民發現 Barbie.avi 這段影片不是如發帖的樓主所講「前星期自己在廢棄的電腦中發現」，反而早已經在 YouTube 流傳了數個月。除此之外，影片最初以分開三段（Part 1，Part 2，Part 4）的形式出現，並不是如樓主般上載的，一段完整的十分鐘影片出現。而且原片也沒有最尾在森林中奔跑的鏡頭，人們相信那是樓主自己「後期加工和整合」。

　　縱使如此，影片的詭異程度也沒有減去太多。因為影片的主人身分仍然是一個謎，究竟他也是無意中找到？還是那個拍攝者？為甚麼他要拍下如此怪異的影片？另外，在 YouTube 裡，人們只找到影片的 Part 1，Part 2 和 Part4，但沒有人找到

Part 3。究竟失蹤的 Part 3 的內容是甚麼？為甚麼要不一起放上 YouTube 呢？這又是另一個謎團。

接著，對於影片過於詭異的內容，有部分熟悉心理學的網民提出一個頗有趣的見解。那些人聲稱在 Part 4 的開頭數秒，畫面底下出現了「BIID」這組神秘詞語。他們說那是 Body Integrity Identity Disorder 的縮寫，中文正名叫「身體完整認知失調」，又俗稱「截肢妄想症」。

患上「BIID」的人會覺得自己生多了一隻手或一隻腳，而且為此而感到沮喪。為了讓自己身體達到理想的形象，他們會產生截去多餘肢體的念頭。曾經在澳洲有一名 30 歲的男性患者把自己的左腳放到一桶乾冰裡，慢慢讓它變黑壞死，令到醫護人士不得不為他截肢。如果是真的話，那麼影片也得到比較合理的解釋。影片中失去了左手的女主角明顯地是一個 Body Integrity Identity Disorder 患者，而影片也應該是一次心理咨詢的會談，在不明的原因下，被放上了 YouTube。

好了，各種解釋筆者都和大家說過了，不知道你們又會選擇相信哪一個呢？

在 eBay 的邪物
Dibbuk box

　　在「E-Business（電子商貿）」的角度來說，互聯網崛起的其中一個好處是推動了「CTC（Customer to Customer，顧客對顧客）」這種銷售模式，亦即是人們之間的交易不再只局限於公司和顧客，而是顧客間也可以互相交易，當中最早和最出名的例子莫過於「eBay（中譯：電子灣或億貝）」。

　　有人說過 eBay 就好比一個跳蚤市場的放大網絡版本。在 eBay 網站內，你可以找到來自全球世界各地的二手貨品，而且貨品的種類千奇百怪，由日常用品，如書本、電腦、衣服，到稀奇古怪的，如指甲、祖母、腎臟（真的！），也一應俱全。同時，你也可以把房間那些不要的物品放上去 eBay 拍賣，看看有沒有其他買家想要，好賺回一筆。

　　可能從小就看得太多關於二手物品的鬼故傳說，在筆者腦海形成「在物品主人棄掉和新主人出現之前，會有邪靈依附在物品裡」這種頗迷信的想法。而且有時拿起二手貨品，總會忍不住猜想它上一任主人是甚麼人？為甚麼他有把它（特別是很新的二手物品）棄掉的想法？而這種想法最終只會導出「哦，那一定是由死者拿下來的遺物！」等無謂結論。所以在種種因素綜合下，筆者承認自己對二手物品拍賣有種不太理性的偏見。

　　但是這種偏見是不是真的荒謬絕倫？在 eBay 上千千萬萬種

二手貨品中，真的所有貨品都是純潔正常？半點邪靈或惡魔也沒有？或許看過以下這個故事後，你們也可能會認同筆者的「偏見」呢……

流傳在 eBay 的邪魔之櫃

大家還記得在兩年前有一套叫《The Possession 聚魔櫃 / 陰魂轉讓》的恐怖電影嗎？由於它的電影海報頗嚇人，一隻老骨皺皮的手硬生生由少女的口中伸出，再反抓住少女的臉孔，所以即使沒有看過電影的朋友也可能留下深刻印象。電影的內容其實是講述一個失婚父親和女兒，在一個二手市集上買了一個二戰時期的古董櫃。在一次機緣巧合的情況下，女兒意外釋放了在櫃中封印多年的邪靈，並引發了一連串恐怖事件和死亡威脅等老掉牙的情節。

先不論電影的拍攝手法如何，但這套電影最可怕的地方是，它是改編自一件真人真事……

在 2003 年 6 月，eBay 貨架上出現了一則奇怪的帖子，那張帖子是由一個自稱 Kevin Mannis 的二手傢俱店老闆發出的。他拍賣的貨品還頗奇怪，是一個叫「Dibbuk Box」的酒櫃，一個很殘舊的深棕色酒櫃。那個酒櫃有一個化妝櫃那麼大，上部分是一個放著符文和燭台的大櫃，下部分則是一個小抽屜，存放著數張舊得發黃的文件。

　　但最奇怪的是，Kevin 在介紹貨品時，不是標籤這個櫃子為「傢俱」，而是「神秘和靈異」，以下就節錄了他當時的描述。

　　我由一個販賣會購得這個櫃子，但當我帶它回家後，卻開始後悔起來。首先，我家的狗狗在第一眼看過櫃子後，就吠過不停，弄得我一整晚也睡不到。

　　第二天，我發現我家所有的燈泡也燒掉，電視和電話也壞掉。

　　有時夜晚我會聽到一個女孩虛弱的求救聲，

　　和感覺到一個不大不小的影子不斷在我家竄出竄入。

　　我必須擺脫這件邪物，你們有沒有人想用它來做甚麼事？

　　價錢合理而且免運費，但請買者承擔所有後果，而且不設退貨，謝謝！

　　原文的內容比上述長得多，而且講述了他很多不幸和恐怖，甚至稱得上悲慘的經歷，但那些都留在下一段詳述。這張奇怪的帖子在 eBay 刊登後，火速成為最熱門的帖子，人們爭先恐後地叫價，想擁有這個靈異的盒子。在數小時後，這個叫 Dibbuk Box 魔盒最終由一個網名叫 spasmolytic 的網民以 $140 美元投得，為起始標價的二十多倍。

　　而這名叫 spasmolytic 的網民真身叫 Iosif Nietzke，是美國大學生。但這名大學生在八個月後，再次把這個魔盒放上 eBay，並在介紹中講述了和 Kevin Mannis 相同的經歷，當中包括無故失眠和失憶、突然發出的腐屍味、電器無故燒毀或爆炸、每晚發夢被一名老太婆纏繞、身體出現脫髮和吐血的症狀。更加恐怖的是，這些症狀在他居住的學校宿舍內不斷向外蔓延，由室友到整層同學也出現類似的症狀，所以他急住把這個魔盒賣出。

　　最後這個魔盒以 $280 美元，亦即是上一次交易的一倍價錢，賣了給一名叫 agetron 的網民。agetron 的真實身分是一名叫 Jason Haxton 的醫學博物館館主。Jason Haxton 應該是最出名的 Dibbuk Box 主人，因為他在得到了櫃子不久，便出了一本叫《The Dibbuk Box》的書本，裡頭詳細記載了這三位 Dibbuk Box 持有人的經歷和 Dibbuk Box 的來源。

第一個買家的故事

以下的故事是 Haxton 在網上（www.dibbukbox.com）撰寫，有關第一個買家 Kevin Mannis 的悲慘經歷和魔櫃最終結果的簡化改編版本，由故事我們可以得知這個 Dibbuk Box 的恐怖魔力有多麼強大…

在 2001 年 9 月，Kevin 在美國波特蘭市一個自家販賣會上購得 Dibbuk Box。自家販賣會是外國人有時會把家中不要的物品放在房子門前進行拍賣或販賣，而 Kevin 本身是一名二手傢俱店的老闆，所以他經常出入這些小型拍賣會。

那棟販賣會的房子是屬於一個 103 歲的猶太老婦人，她不久前在睡夢中離世，而她唯一的孫女則把一些不要的遺物拿出來拍賣。當 Kevin 看到 Dibbuk Box 時，便好奇問道這個上鎖的櫃子是甚麼來。那個孫女說這個櫃子叫 Dibbuk Box 或叫 Keselim，是她祖母在二次大戰時由西班牙帶過來，之後一直放在她的工作室，不讓任何人打開，直到死時才拿出來。在老婦人死時，曾經吩咐過她一定要把箱子和她一起埋葬。但可惜到後來下葬時，他們猶太教的牧師卻堅持不可以把那個櫃子放下去，說那樣是「對死人不好」，所以孫女唯有把它拿出來拍賣。

縱使當時 Kevin 已經察覺到那個女孩對櫃子還隱瞞了很多，但 Kevin 已經習慣收購不同的死人物品，所以一向都百無禁忌，便把櫃子連同其他傢俱一起買下來。

當 Kevin 把 Dibbuk Box 拿回店舖第一天，怪事便已經開始發生了。根據以往的習慣，Kevin 會先清理買返來的傢俱，在倉庫放置幾天後，才拿出來賣。當他剪開 Dibbuk Box 門上的鎖鏈時，打開一看，卻發現裡頭放置的物品比它的外型還古怪得多。在 Dibbuk Box 內放置了兩個 1920 年便士、一撮用繩綁起來的金髮、一撮用繩綁起來的棕髮、一個異教的小雕像，上面刻有希伯來文「Shalom（沙洛姆）」，一個金色高腳酒杯、一朵早已枯萎的玫瑰花和一個燭台。

Kevin 起始以為這些物品都是老婦人的遺物，便全數拿出來，叫秘書打包寄回給那個孫女（但後來被打回頭），自己則繼續清理傢俱。他當時想也沒有想過自己無意中的舉動，已經打開了厄運的大門。

那天黃昏，Kevin 下班駕車回家時，在半路途中突然收到女秘書的電話。女秘書慌亂的聲音很快由手機傳出，呼喊住店舖被神秘人入侵。當他立即飛奔回店舖時，發現店舖被人由裡頭反鎖，由窗戶看到店內所有的燈泡都碎掉，秘書的哭泣聲由倉庫傳出。

Kevin 用力一踢，把木門踢開，再馬上朝倉庫衝。當他打開倉庫的鐵門時，一陣難以忍受的貓尿味猛然迎臉撲來。在昏暗的房內，只見女秘書瑟縮在傢俱後方，哭泣不已。當 Kevin 問女秘書入侵者在哪裡時，女秘書支吾地解釋其實她沒有直接看到入侵者，只是剛才她準備打烊時，店內所有的燈泡突然在同一時間，砰一聲全數爆開，而且隱約看到有個龐大的黑影由暗處向她逼近，她立即嚇得躲進倉庫內。

由於唯一的大門往內反鎖，沒有入侵者的證據，所以報警也沒有用，事件之後也不了了之。那時候，Kevin 還沒有把這宗詭異事件和 Dibbuk Box 扯上關係，認為只不過是單純的偷竊事件。更戲劇化的是，Kevin 之後還做了一個讓他後悔一生的決定⋯他把 Dibbuk Box 送了給自己的母親。

其實把 Dibbuk Box 送給母親的原因純粹出於偶爾，並沒有任何惡意的動機，因為 Kevin 的母親雖然年邁，但仍然有收集首飾的習慣，所以 Kevin 才決定把櫃子送給她作儲物盒。在 Kevin 母親生日當天，亦即是 10 月 31 日，Kevin 母親來到兒子的二手傢俱店探班，打算之後再和他一起出外吃飯慶祝。

就在臨離開前，Kevin 把載有 Dibbuk Box 的禮物盒送給母親，自己就到停車場拿車。但當 Kevin 去到停車場，自己身後的店舖卻傳來女秘書的尖叫聲。由於聲音悽厲，Kevin 已經心知不妙，馬上飛奔回店舖內。回到店舖內，只見員工神情介乎恐慌和凝重之間，自己的母親則坐在一張安老椅上，目無表情地瞪著窗外，Dibbuk Box 則跌在她的腳邊。

Kevin 擔憂地走前探看，卻發現母親突然中風，全身陷入癱瘓狀態，淚水由僵硬不動的眼球滾滾流出，沿面頰徐徐滴落在胸口上。無論 Kevin 怎樣呼叫，她也沒有回應半句，仍然僵硬在安樂椅上，宛如斷了線的木偶般失去靈魂。Kevin 立即送母親前往最近的急症室。經過診斷後，Kevin 母親突然急性中風，並導致下半身永久癱瘓和失去所有說話能力，只能依靠一塊類似碟仙的字母板來溝通，而且速度非常緩慢。

在兩天後，Kevin 開始入病房探望母親。但躺在床上的母親卻好像一直憂心忡忡，當看到 Kevin 走入病房時，沒有等他開口，便要求拿字母板來。母親沒有理會站在一旁，困惑不已的 Kevin，開始用字母板寫起字來。她首先用僅存可活動的手指指出「N-O-G-I-F-T」，但 Kevin 仍然不能理解，問她是不是想要禮物。直到母親寫出「H-A-T-E-G-I-F-T」，他才恍然大悟，發現近來所有怪事可能和那個 Dibbuk Box 有關。

在回家途中，Kevin 開始思索如何處理 Dibbuk Box。在母親出事不久，Dibbuk Box 便一直待在家中。Kevin 有考慮過把櫃子直接丟棄到垃圾場，但又恐怕裡頭的東西已經侵佔了房子，丟也丟不走。他也曾經把櫃子放到朋友親戚家中，但每次不出多久便打回頭。更加恐怖的是，Kevin 身體和屋子每天出現的「侵蝕」狀況一天比一天嚴重。首先是家中電器無故壞掉或突然湧起奇怪的臭味，之後有個神秘的龐大黑影不時由牆壁浮現出來，其後每晚夢中都會出現一個醜陋的老太婆，用各種方法擾亂他的夢境，最後更有脫髮或吐血等問題。

最後在無可奈何的情況下，Kevin 唯有把 Dibbuk Box 放上 eBay，期望有任何熱愛靈異物件的人會買了它，而這也造就了我們這章的故事⋯

傳說和現實

Jason Haxton 還有提及數以十計接觸過 Dibbuk Box 的人的故事，還有推測 Dibbuk Box 的背景。根據他的推測，Dibbuk

Box 是猶大宗教用來封鎖一種叫 Dibbuk 的怨靈，而 Kevin 由於
不慎解開了櫃子的封印，而招來橫禍。在書本推出後，Dibbuk
Box 的傳說更加廣為人知，在 2003 至 2004 年間，多次被翻拍
成電影或記錄片，而 Kevin 和 Iosif 也成為了電影顧問。直到現
在，Jason Haxton 仍然拒絕透露 Dibbuk Box 的最終下落，但
說它被存放到一個「沒有人去到」的地方，還聲稱它有令人不老
的神奇力量。

在傳說的背後，雖然我們不能證明那些買家的可怕經歷是否
屬實，但筆者唯一可以確定的是在民俗學上來說，Dibbuk Box
的傳說其實是站不住腳。

根據猶太人的民間傳說，Dibbuk 是指「依附在活人心靈的
邪靈」，它們原先是一些死不瞑目的怨魂，後來轉化為邪靈。它
們必須要寄居在活人的身體才可存活，否則會煙消雲散。對於猶
太人來說，它們是絕大部分疾病的來源。當他們依附在一個人的
心靈時，他們會撕裂受害者的心靈，由他們的口說出邪惡的話語，
最終因精神崩塌而死亡（說穿了是古人對病菌和精神病的誤解）。
但奇怪的是，在 Dibbuk Box 出現在 eBay 之前，猶大古籍和民
間均沒有記載這種 Dibbuk 的邪靈可以依附在死物上，或由死物
來封印，令人猜疑是否拍賣者創作。

除此之外，Dibbuk Box 本身也被民俗學家和不少網民批評
炒作味濃，根本是用來賺快錢的工具。根據本文初段的描述，這
個所謂「被詛咒」的 Dibbuk Box，先後為數位持有人在短時間
內分別賺得 $ 140 和 $280 美元，是買入價的兩倍有多，更不用

説改編成書本和電影的版權費。如果只要在家中放一個盒子，寫一兩篇鬼故，數星期後就可以輕輕鬆鬆賺了十多萬，而且可以不用上班和有望買樓，在香港我們不會叫那些「聚魔櫃」，而是「聚寶盆」來的！

後記：恐懼和心理學

為甚麼人類會喜歡恐怖故事？這是一條很有趣的問題。

根據演化心理學說，「威脅模擬理論」可以解釋人類喜歡看恐怖故事的原因。根據那理論，人類之所以由古至今都熱衷聽各種恐怖故事或都市傳說，是因為它們可以教導我們應付未知的危機。畢竟，古時人類居住在大自然，每天都要面對各種突如其來的危機，天災人禍、猛獸毒蛇。如果在危機來臨時，我們才慢慢去學習，那麼人類根本沒有可能擁有現在的文明！所以恐怖故事則是一種絕佳的模擬工具，模擬出未發生的危險，提醒我們的同伴要警剔和解決方法。

換句話說，恐怖故事裡的怪物只不過是個幌子，它真正的存在意義是用來教導我們生活。

那麼你又由本書學習了甚麼來呢？

縱使聽起來很矛盾，但根據佛洛伊德的心理學說，人類會採取一系統心理防禦機制，為了避免恐懼對精神造成的損害，當中常見方式的包括：否定、壓抑、隔離、合理化和昇華。那麼當你知道網絡 Deep Web 的真相時，你的本能反應又會是甚麼呢？認

為本書所有內容都是無稽之談，全部都是虛構出來；這些故事太恐怖了，我還是不要再想它，繼續過我的平凡生活好了；其實人性就是這樣惡劣，我也阻止不了；還是鼓起勇氣，重新審視自己的生活和價值觀呢？

這點由你自己來決定。

如果你真的不相信本書的內容，可以親自進入 Deep Web 來看看。畢竟，每個人看的世界都不一樣，或許你可以由另外一個角度去看 Deep Web 的世界。但筆者希望當你看到「Daisy Destruction」裡的小女孩被虐殺時，不要後悔就好了⋯

鳴謝

　　這本書之所以能成功出版，在這裡我首先要多謝的是「點子出版」，如果沒有他們的賞識，你們手上這本恐懼鳥的書根本沒有可能出生。當然還有我的編輯 Venus，縱使我那些恐怖血腥的圖片經常嚇倒她，但她仍然堅持不懈地去修編這本書，日夜對住那些圖片，務求把書本最好。

　　其實當初成立恐懼鳥時，我並沒有想到那麼快便出書或發展得那麼快。畢竟，我知道自己的文筆比較冗長，比較執著在資料性描述。對於習慣看流行短文的網民來說，要他們在 Facebook 看字海是有點困難。但最後竟然得到兩萬多名網民的關注，不斷給我這位小編支持，我真心感到喜出望外和很欣慰呢！

　　所以在這裡，我想點名答謝數名網友和網上報章，以表示他們一直以來對恐懼鳥的支持和幫助。他們包括：內地微博博主尸屍，台灣網民吳元始，電台節目「無奇不有」主持 Gary，還有網上報章「聚言時報」和「852 郵報」。如果沒有他們的賞識和轉發，恐懼鳥的文章沒有可能接觸到那麼多香港、內地和台灣的網民呢！

最後，還有一名叫謝朗峯的朋友我想多謝，多謝他一支以來的陪伴，放鬆我繃緊的心情。畢竟在寫 Deep Web 故事的過程，每天接觸那麼多充斥住人性黑暗的網頁和變態邪惡的短片，內心或多或少都會有點難受或不安呢……

《DEEP WEB FILE ＃網絡奇談》
全書完

罪案和不幸一日還在世上，

任何人都可能是下一個受害者

DEEP WEB FILE #網絡奇談

作者 AUTHOR:	恐懼鳥
總編輯 EDITOR IN CHIEF:	JIM YU
編輯 EDITOR:	VENUS LAW
設計 DESIGN:	KATIECHIKAY
製作 PRODUCTION:	點子出版

出版	點子出版
地址	荃灣海盛路11號One Midtown 13樓20室
查詢	info@idea-publication.com
印刷	海洋印務有限公司
地址	香港仔大道232號城都工業大廈4樓
查詢	2819 5112
發行	泛華發行代理有限公司
地址	將軍澳工業邨駿昌街7號2樓
查詢	gccd@singtaonewscorp.com

出版日期	2017年6月5日（第八版）
國際書碼	978-988-13611-8-9
定價	$88

Printed in Hong Kong

點子出版
IDEA PUBLICATION

DEEP WEB
FILE #網絡奇談

Federal Bureau...
Gaby...
Fairfield...